バッドエンド回避のため、
愛する前世の夫から逃げ回っ
江本マシメサ
Mashimesa Emoto Presents
JN076590
fairy kiss

この作品はフィクションです。
実際の人物・団体・事件などに一切関係ありません。

バッドエンド回避のため、
愛する前世の夫から逃げ回っています

第一章　悲劇の結末から転生する

街を二分するほどの政敵同士の家に生まれた私と元夫は、結婚を反対された挙げ句、自ら命を絶った。

天国に行ったら、幸せになれる。

そう信じていたのに、私達は百年後の世界に生まれ変わってしまった。しかもそれぞれ前世と同じ家に。

どうしてこうなったのか。神様に問いかけたところで、答えがあるわけもなく……。

「ジュリエッタお嬢様、モンテッキ家のバルトロマイです！　お隠れになって！」

今日も、元夫であるバルトロマイと異常接近（ニアミス）しそうになる。

黒く短い髪に、燃えるような真っ赤な瞳、皇帝陛下から頂いた深紅の騎士服がよく似合う美丈夫。

彼は前世と同じ容貌で生まれ変わった。

だから、すぐに〝彼〟だと気付いたのだ。

一方、私も前世と同じグレージュの髪に、似たような顔立ちで生まれる。

カプレーティ家が持つ青い瞳もそのまま。驚くほどそっくりだった。

ばあやと共に路地に入り、バルトロマイに見つからないようにする。下手に出くわして問題を起こしたら大変だからだ。

そっとバルトロマイが通り過ぎる姿を盗み見る。

今日も眉間に深い皺が刻まれ、表情は不機嫌そのもの。本人にその気はないのに、周囲の人達を威圧してしまうのだ。

大通りは行きかう人々が多いのに、まるで猛獣から遠ざかるように皆が皆、バルトロマイに道を譲っていた。

背が高く、体も大きいので、遠目から見たら熊そのものである。

——今日も素敵。

なんて言葉は、喉から出る前にごくんと呑み込んだ。

バルトロマイが通り過ぎ、姿が見えなくなると、ばあやが盛大なため息を吐く。

「はあ。なんて恐ろしい男なんでしょうか。深紅の制服に身を包んでいるのでわかりませんが、あれはきっと、二、三人は人を殺したあとですよ」

「ばあや、そんなことしているわけがないでしょう」

「ジュリエッタお嬢様は、喋ったこともない男を庇うのですか？」

「そういうわけではないのですが……」

たとえ熊と見まがう姿でも前世と変わっていないバルトロマイの様子に、私は歓喜していた。

けれども、一度だって直接会ったり、言葉を交わしたりしたことなんてない。

私と関わったら、バルトロマイは災難に巻き込まれてしまうだろうから。

彼については、今でも愛している。

けれども愛は時として不幸を招く。

周囲の賛同を得られない愛を貫いたらどうなるのか、考えただけでも身震いしてしまう。

だからこの愛には蓋をして、秘めておくのだ。

それが、バルトロマイの幸せにも繋（つな）がる。

だって私達は、今世も敵対関係にある家に生まれてしまったのだから――。


ヴィアラッテア帝国の首都〝ベルヴァ〟には、影響力のある二家の貴族が拠点を置いている。

ひとつは皇帝派（ギベリン）であるモンテッキ家。

もうひとつは教皇派（ゲルフ）のカプレーティ家。

彼らは長きにわたり、聖職叙任権を巡り、闘争を続けている。

聖職叙任権というのは、各地の教会で働く司教や修道院の院長を任命する権利のことで、これまでは皇帝がそれを有していた。

それに反旗を翻したのは、教皇と密な関係にあるカプレーティ家の当主であった。

教会の人事を、皇帝が握っているのはおかしい。そう主張し、取り返そうとしたのだ。

そんなカプレーティ家から皇帝を守っていたのが、騎士の家門であるモンテッキ家だ。

彼らは皇帝に忠誠を誓い、カプレーティ家を退けようとする。

双方の家の者達は互いに憎み合い、傷付け合っていた。

そんな家に生まれたにもかかわらず、前世の私と元夫は運命的な出会いを果たす。

出会いの場は、カプレーティ家が開催した園遊会（ガーデンパーティー）だった。

そこに、元夫は友達に連れられて忍び込み、いたずらをしようと目論（もくろ）んでいたらしい。

そんな中で、私は彼に出会い、恋に落ちてしまう。

家門内のパーティーだったので、私が彼のことを親戚の誰かだと思い込んでいたのもあった。

つまり政敵の嫡男だとは思わず、心を許してしまったのだ。

彼も、私がベールを深く被（かぶ）っていたので、カプレーティ家の娘ではなく、侍女か何かだと思っていた、とあとから語っていた。

お互いの正体に気付いてからは、私は彼と距離を置こうと努めた。

けれども、一度火がついた恋心は、なかなか消えることはなかったのだ。

ただでさえ、私と夫の実家は政敵である。ただ会うだけでも、争いの火種となりかねない。

諦めようと思った矢先、たまたま教会で話を聞いてくれた薬師がある提案をしてくれる。それは、伝書鳩（ばと）で想（おも）いだけでも伝えたらどうだろうか、というものだった。

初めての恋だった。時間が経（た）つにつれて失ってしまうよりは、この気持ちを打ち明けて昇華させたい。

別に、彼と恋人同士になりたいと考えているわけではない、ただ気持ちを知ってほしいだけだ、とこのときは考えていた。

手紙なんて無視されるだろう。そう思っていたのに、返事が届いた。

剣を握るだけのためにあるような大きな手を持つ彼の文字は、思いのほか繊細で、美しかった。

さらに、園遊会へ忍び込んだことへの謝罪文も書かれていた。

それに対する返事を出すと、次の日には伝書鳩が手紙を運んでくる。その手紙に対して、すぐに返信した。

このように、私達の文通は自然と始まったのだ。

手紙を交わすにつれて、恋心は加速していく。

いつしか彼を深く愛するようになり、会いたいとまで願うようになった。

ただし、荒野を生きる狼(おおかみ)のように気高く他人を寄せ付けない夫と、恋仲になるのは大変だった。

彼は手紙の中では紳士だったが、社交場で目にする姿はとても冷たくて近寄りがたい。じろりと睨(にら)まれた日には、足が竦(すく)んで動けなくなってしまうだろう。

拒絶されるかもしれないという恐怖はあったものの、当たって砕けろの精神で、果敢にもアタックし続けた。その結果、元夫は私を受け入れ、晴れて恋人同士となったのだ。

しかし幸せな時間は長く続かず、私達の関係が実家にバレてしまう。私と他の男性との結婚も決まり、もうこれ以上、彼と会うことなど許されない。

彼以外の男性と結婚してしまう前に、直接お別れをしたい。

そうばあやに頼みこみ、最後の面会が叶(かな)った。

二度と会わないと心に強く決めていたのに、元夫が熱心に愛を囁くので、私の気持ちは揺らいでしまう。

元夫の、私以外の者を愛せない、という言葉を聞いて、何もかも捨てて彼と生きる決意を固めた。

ばあやと薬師の手引きでこっそり結婚式を挙げ、私達は正式な夫婦となった。

ベルヴァを出て、誰も知らないような小さな村でひっそり暮らそう。

そんなふうに話していたのに、準備を進める中で、元夫はモンテッキ家とカプレーティ家の闘争に巻き込まれる。

その際、私の従兄が元夫の親友を殺してしまい、その復讐として、元夫も従兄を殺してしまったのだ。

元夫は追放を言い渡され、連れて行かれてしまう。

残された私は、会ったこともないどこぞの伯爵と無理矢理結婚させられそうになる。

すでに元夫と結婚式を挙げてしまったと両親に訴えても、聞く耳なんて持ってくれなかった。

もうどうしようもない、という状況の中、ばあやが薬師にある相談をしてくれた。

それは、私が仮死状態になる毒薬を飲み、死を偽装するというもの。

私の体は郊外にある修道院の石廟に運んでおくので、追放された元夫と落ち合い、逃げるようにと計画を立ててくれたのだ。

すでに早馬を飛ばし、元夫へは知らせてくれているという。

毒薬の効果は一晩。怖かったが、ばあやと薬師を信じて呷った。

目覚めたら、元夫と会えるだろう。そう思っていたのに、目覚めたときに隣にいたのは、元夫の遺体だった。口から血を流していて、苦しげな表情で息絶えていたのである。

傍（そば）にあった遺書には〝愛する妻がいない世を生きても仕方がない〟と書かれてあった。

どうやら手紙は、完全な形で届かなかったようだ。

私も彼と想いは一緒だ。愛する人がいない世など、生きる意味がない。

覚悟を決め、元夫が持っていたナイフで胸をひと突き。

その瞬間、悪魔の笑い声が聞こえたような気がする。

カプレーティ家の悪魔――それは当主が契約を交わした、呪われし存在。

モンテッキ家を陥れるために、召喚したと囁かれている。

ばあやの手紙がうまく届かなかったのは、この悪魔のせいなのか。

薄れゆく意識の中、そんなことを考える。

どうか天国では幸せになれますように。

そう願ったのが、前世における最後の記憶だった。

◇◇◇

前世の記憶を取り戻したのは、五歳の春。

木に登って足を滑らせ、地面に全身をぶつけてしまったのだ。

何もかも思い出した私は、頭を抱え込む。

まさか、記憶を残したまま、新しい生を受けるなんて……。

それは私だけではなかった。両親やばあや、さらに意地悪な従兄イラーリオまでもまったく同じ立場で生まれ変わっていたのだ。

ただし、彼らは前世のことなど覚えていないようだった。

イラーリオは私が落下した現場にいて、額から血を流す私を見て、笑っていた。

前世でも残酷な性格で、元夫の親友を殺してしまったくらいだ。生まれ変わっても、性格は変わらないのだろう。

もしや元夫もどこかで生まれ変わっているのではないか。これは神様が不幸な最期を遂げた私達に授けた、人生のやりなおしの機会(チャンス)なのだろう。

期待に胸を膨らませる中、皇帝陛下の凱旋(がいせん)パレードで、元夫らしき子どもを見かけた。

信じがたいことに、元夫も前世同様、皇帝派であるモンテッキ家の嫡男として生まれ変わっていたようだ。

喜びと同時に、胸の苦しみを覚える。

家族に囲まれ、淡く微笑(ほほえ)む夫はとても幸せそうだったから。

元夫のあのような笑みなど、前世で見た覚えがない。顔を合わせるときは、いつも苦しそうで、辛(つら)い現実から逃げるように私を求めていた。

彼を家族から奪い、彼の輝かしい未来を奪ったのは、他でもない私だ。

今ならわかる。前世で私達が惹(ひ)かれ合ってしまったのは、過ちであった、と。

ここで私は、元夫と出会って人生をやり直そう、なんて考えを捨てる。

どうせ同じように恋に落ちても、双方の家の反感を買ってしまうだけだ。

それほどまでに、モンテッキ家とカプレーティ家の遺恨は根深い。

百年前に元夫と私が命を落とすという事件があっても、彼らにとっては何の痛手にもならなかったのだろう。双方の家は今でも憎み合い、争い事は日常茶飯事である。呆れるくらい、何の変化もなかった。

彼のために私ができることといったら、私が表舞台から姿を消して、大人しく過ごしておくことくらいだ。

この日から私は『元夫の幸せを願う会』を発足させる。会員は私ひとりだけの、ささやかな活動だった。

幸いにも前世とは異なり私には姉が七人もいたため、私は両親に将来は修道女になると訴えるようになった。

修道女になれば、元夫と出会う機会なんて訪れないだろう。そういう目論見もあった。

しかし両親や姉達は末っ子である私を溺愛していて、修道女になることを断固反対した。まさかの事態であった。

彼らは修道女になる代わりにと、教会での奉仕活動を勧めてきた。

こうなったら、時間をかけて本気であることを示すしかない。私は言われるがまま奉仕活動を始めた。

そうこうしているうちに、私は十八歳になってしまった。

前世で結婚した年齢になったものの、元夫とは一度も会っていない。

私の『元夫の幸せを願う会』の活動は順調そのものなのだ。


今日も今日とて、私はばあやと共にフェニーチェ修道院へ向かう。

それは帝都の郊外にひっそりと佇んでおり、両親を亡くした子ども達を育てる養育院を兼ねた場所なのだ。

修道女見習いの制服に身を包み、顔はベールで隠す。これが、私の街歩きの恰好である。

こうしていたら、誰も私をカプレーティ家の娘だと疑わない。

両親や姉達のようにカプレーティ家を象徴する〝青〟の装いなんて、しようとは思わなかった。

「ジュリエッタお嬢様、昨晩も旦那様や奥様と、言い合いをされたようですね」

「言い合いではなく、話し合いですわ」

私も十八歳となり、成人を迎えた。

結婚しない代わりに、正式な修道女となるべく、このままフェニーチェ修道院へ身を寄せたい——なんて相談をしたら、またもや大反対されてしまったのだ。

「お父様ったら、涙を流しながら、結婚しなくても、修道女にもならなくてもいいから、親子三人で楽しく暮らそう、なんておっしゃいますのよ」

「まあ！　それはそれは、たいそう愛されているのですね」

「愛が重たいくらいです」

前世でも私は両親からかわいがられていたものの、今世ではそれ以上である。

ときおり、過保護すぎるのではないか、と感じるくらいだ。

「でもまあ、さすがにわたくしが三十歳とか、四十歳になったら、諦めますよね？」

「どうでしょう？　自分の子どもは、何歳になっても、かわいいものですから」

早く子離れしてほしい、と祈るばかりである。

そんな話をしているうちに、修道院に到着した。

子ども達は秋晴れの中、元気いっぱい遊び回っている。私がやってきたことに気付くと、一目散に駆けてきた。

「ジュリエッタ様だ！」

「ジュリエッタ様、いらっしゃい！」

持ってきた小リンゴを配ると、皆、嬉しそうに食べ始める。

すべて配り終えたタイミングで、子ども達の世話をするシスター・ボーナがやってくる。

「ごきげんよう、ジュリエッタさん、いらっしゃい」

「ごきげんよう、シスター・ボーナ」

シスター・ボーナはばあやと同じ六十代くらいの女性で、十八歳の頃から修道女として奉仕活動をしている。

心優しく、誰に対しても分け隔てなく応じる彼女は、私の憧れの女性だ。

「そういえば、先日は十八歳の誕生日だったのですね」

「ええ、そうなんです。両親に修道院へ身を寄せる件を改めて相談したのですが、却下されてしまって」

「そうでしたか。しかし、俗世を離れることはいつでもできますので、慌てることはありませんよ」

「ええ、それもそうなのですが」

叶うことなら、修道院へ入るのは早ければ早いほうがいい。

なぜかと言えば、今でもうっかりバルトロマイに会ってしまうから。

こちらは徹底的に避けているというのに、彼は決まって私の近くに現れてくれるのだ。頻度は一ヶ月に一回くらいだろうか。

彼が財布を落とした老人に協力して一緒に探しているところだったり、暴漢に囲まれた市民を救助しているところだったり、迷子の子どもを親のもとへ案内しているところだったり。

バルトロマイは生まれ変わっても正義感に溢れる人物らしく、見かけるたびに前世以上に好きになってしまう。

もうこれ以上、愛してしまったら大変だ。

一刻も早く、彼と出会わないような暮らしになるよう努めなければならないだろう。

「ジュリエッタさん、今日は告解室に入っていただけますか？」

「わかりました」

告解室というのは、信者が赦しを乞う秘跡の間だ。

ひとつの部屋が壁一枚で隔てられ、小さな窓で繋がっている。窓は位置的に顔が見えないようになっており、見えるのは胸元から下のみだ。

片方に信者が、もう片方に聖職関係者が入る。

通常、告解室には教会の責任者が入るのだが、フェニーチェ修道院は人手不足。

特に今日は結婚式が三件も入っているので、院長は大忙し。シスター・ボーナも子ども達の世話があるため、私に任されたわけだ。

告解室で話を聞くというのは、神に信者の声を届ける大切な仕事である。見習いの私が入っていいのかとも思うが、ここの院長先生はいい意味で大らかというか、適当というか、とにかく世渡り上手だ。

誰が告解室に入ろうと、神様は平等に話を聞いてくださる、というのが彼の言い分であった。

ばあやにはシスター・ボーナの手伝いをするように頼み、私はひとりで告解室の中へと入った。

誰もいない間は、本を読んでいいと言われている。告解室のテーブルの下には聖書ではなく、冒険ものや恋愛ものなど、多岐にわたる本が揃（そろ）えられていた。これらも、院長の趣味だという。

どうせ、礼拝の日以外は誰もやってこないだろう。

そう思って本を手に取ったのに、腰かけた瞬間、信者側の扉が開いた。

「――誰か、いるだろうか？」

声を耳にした瞬間、跳び上がるほど驚いた。

なぜかと言えば、声の主はバルトロマイだったから。

低いけれど、聞きやすい品のある声と話し方。

前世から変わらない彼の特徴を、聞き間違えるわけがない。

「いないのか？」

「お、おります」

返事をしたのと同時に、バルトロマイは用意してあった椅子に座ったようだ。

モンテッキ家を象徴するような深紅の騎士服が、窓を通して見える。

惚れ惚れ（ほれぼれ）するほどの立派な胸板だけが、私の視界に飛び込んだ。

ああ、神よ。なぜ、彼を私の前によこしてくれたのか――。

至近距離にいるだけで、くらくらと目眩（めまい）を覚えそうだ。

「相談事があるのだが」

「好き!!」

「ん？　今、なんと言った？」

「な、なんでしょうか、と言いました!!」

危ない。声を聞いただけで、好意が爆発してしまった。

落ち着け、落ち着けと心の中で繰り返す。

まず気になったのは、皇帝派であるモンテッキ家のバルトロマイが、教皇の息がかかった教会になぜ足を運んできたのか、という点である。

「あの、あなた様はモンテッキ家の御方ですよね？」

「そうだが、なぜわかった？」

「いえ、その、お召し物が赤だったので」

「ああ、そうだったな。もしや、立ち入りが禁止されていたのか？」

「いいえ、いいえ、どなたでも大歓迎です！」

「歓迎？」

罪を告白する部屋なので、歓迎という言い方はおかしかっただろう。

彼を前にして、私は酷(ひど)く舞い上がっているのだ。少し落ち着かなければならない。

ごほんごほんと咳払(せきばら)いし、心を落ち着かせる。

開き直って、院長の言葉をそのまま伝えた。

「神様は分け隔てなく、どんな方の声であろうと聞き入れてくださいます」

「そうか」

なんでもバルトロマイは、友人の結婚式に参列するために、ここへやってきたらしい。

皇帝派の者達は教会で結婚式をせず、街のいたる所にある聖堂で結婚式をする。だが、客としての参列だけであれば教会に出向くこともある。

どうやらバルトロマイには教皇派の友人がいるようだ。前世では、私以外の教皇派を酷く嫌っていたのだが。

彼自身も、すべてが前世と同じとは限らないのかもしれない。

結婚式は一時間半後である。早く来すぎたので、暇つぶしに告解室へやってきたのだろう。

せっかちなところは、相変わらずだ。

「それで、お話とは？」

「なんと説明していいのかわからないのだが――」

バルトロマイは落ち着いた声で話し始める。

「俺は生まれてから、必要なものはすべて両親からもたらされ、十分なくらいの教育を受けた。それなのに、心の奥底で、何かを熱望するような〝渇き〟を覚える瞬間がある。その感情は抱いてはいけない罪のようで、感じるたびに罪悪感が湧き上がり、どうしたらいいのかわからなくなる」

ときおり、我慢できないほど欲するあまり、物に当たってしまうようだ。

「今日も、無意識のうちに扉を破壊してしまった」

「まあ！」

ありあまるような腕力も、前世と変わらないようだ。

元夫も怪力の持ち主で、意識して動かないと、この世のものというものをことごとく壊してしまう。

うっかり馬車のステップを踏み壊したり、テーブルを叩いただけでヒビが入ったり、着替えの際に上着を破ってしまったりと、そういうことが日常茶飯事だったのだ。

それも今思い返せば、愛おしく思えるのだから不思議だ。

と、幸せに浸っている場合ではない。彼の話を聞かなければ。

「その……何か思い通りにならず、悩んでいるのですか？」

「思い通りにならない？　そんなことはないはずだが」

たしかにバルトロマイはモンテッキ家の嫡男として生まれ、何不自由なく育てられた。

実力を見込まれて、皇帝を守護する近衛騎士隊の一員としても選ばれたと言う。

未来有望としか言いようがない彼には、手に入らないものなどないのだろう。

「最悪、何を欲しているのか、わからなくてもいい。せめて、心を落ち着かせる方法だけでも知りたい」

何かあるだろうか、と聞かれ、すぐにピンと思いつく。

「絵を描いてみるのはいかがでしょうか？」

前世で、夫は絵を描くことを趣味にしていた。家族からは絵を描くなどくだらない、と言われて筆を折ったのだが、画家顔負けの腕前だったのだ。

ふたりで密会しているとき、元夫は私の絵を描いてくれた。

そんなときの彼は穏やかになり、とても静かだったのを思い出す。

きっと、絵を描くことで彼の心に安寧が訪れていたのだろう。

今世でも、もしかしたらこっそり絵を描いていたのかもしれない。そう思って提案してみたのだが、想定外の反応だった。

「絵？　この俺が？」

「は、はい」

「絵など、一度も描いたことがないのだが」

「な、なんですって⁉」

上流階級に生まれた者ならば、芸術の一環として絵を習う。それなのに、バルトロマイは生まれてこの方、筆を握ったことがないらしい。

「家庭教師から習わなかったのですか？」

「ああ、まったく」

派遣される家庭教師が前世と別人であれば、授業内容も変わってしまうのかもしれない。

ここで私は気付いてしまう。

バルトロマイには前世の記憶などないようだ。

あったら、絵を描いたことがないなんて、言うはずがない。

それに、返された言葉のニュアンスから、絵を描いて心を落ち着かせるなんてありえない、とも言っているような気がした。

ただ、それだけで諦める私ではなかった。彼にとって、絵を描くという行為はパズルの欠けたピースに違いない。そう信じて訴える。

「でしたら、騙されたと思って、一度、絵画に挑戦してみてくださいませ！　きっと、心が落ち着くでしょうから！」

「そこまで言うのならば……わかった」

意外や意外。バルトロマイは私の意見を静かに受け入れてくれた。

「その、絵というのは、いったいどんなものを描くんだ？」

「絵に決まりはございません。好きなものを、なんでも描けばいいのです」

「好きなもの、か……」

バルトロマイが今、何が好きなのか猛烈に気になる。

けれども、これ以上関わることは危険だろう。

そろそろお開きにしよう。そう思って、締めの言葉を口にする。

「あなたに、神からのご加護がありますように」

「感謝する」

バルトロマイは立ち上がると、颯爽（さっそう）と去って行った。

パタン、と扉が閉まる音が聞こえると、盛大なため息が零（こぼ）れる。

まさか、バルトロマイがやってくるなんて、誰が想像しただろうか。心臓が口から飛び出てくるかと思った。

はあ、はあと息を整えていたら、テーブルの上にぽた、ぽたと水滴が落ちる。

至近距離でバルトロマイに会った影響で、涙でも流してしまったのか。

そう思っていたのだが――違った。

真っ赤な水滴は、間違いなく鼻血だろう。

「わ、わたくしったら、なんてことを!!」

慌ててハンカチで拭き取り、止血して、事なきを得た。

バルトロマイの過剰摂取で、体が異常をきたしてしまったのだ。

十八年もの間、好きな人を絶っている状態だったので、無意識のうちにとてつもなく興奮していたのかもしれない。

知らぬ間に、私は恐ろしい体質になっていたようだ。

鼻血が止まってホッとしたのも束の間のこと。想定外の訪問者が現れる。

『――よう、ジュリエッタ』

花瓶に太陽光が当たってできた影がうごめき、真っ黒いウサギの姿が浮かび上がる。

「アヴァリツィア⁉　あなた、どうしてここに⁉」

『お前が悪行を働いたから、出ることができたんだ』

「なっ――！」

見た目はかわいいウサギなのに、声は老人のようにしゃがれている。おまけに、額からは角が生えているのだ。

彼はただのウサギではない。カプレーティ家の者に代々取り憑く悪魔の一体である。

悪魔は全部で七体存在するらしい。

そして私にはこの〝アヴァリツィア〟という名の悪魔が取り憑いているのだ。

彼は私が行った悪行を糧とし、こうして姿を現す。

「わたくし、なんにもしておりませんけれど！」

『悪行を働いただろうが。鼻血を垂らすほど、若い男に執着を見せるなんて、みっともないったらないぜ』

「そ、それは……！」

たしかに、『元夫の幸せを願う会』を発足したのにうっかり出会ってしまい、興奮して鼻血を流すなど、はしたないとしか言いようがない。

「それにしても、ここは神聖な教会だというのに、あなたはどうして平気ですの？」

『言われてみればそうだな。普通の教会は息苦しくてたまらなくなるのだが……。まあ、それにも勝るほど、お前が悪行に関わろうとする力が強かったってことだな。さすが、カプレーティ家の娘だ』

　褒められてもぜんぜん嬉しくない。

　それよりも誰かに悪魔の気配を悟られたら大変だ。アヴァリツィアをはたきで追い払う。

「ここから出ておいきなさい！」

『おい、バカ！　暴力反対！』

「容赦しません！」

　アヴァリツィアはしばし抵抗していたが、埃を払うように連続で叩くと消えていなくなる。

　ホッと胸をなで下ろしたのは言うまでもない。

　バルトロマイに出会い、鼻血を流してしまったからか、私は一週間ほど寝込んでしまった。

奉仕活動で無理をしているのではないか、と両親から咎められ、外出すら禁じられてしまう。

一ヶ月ほど経ち、紅葉していた木々の葉はすっかり散っていた。

ぼんやり過ごすうちに、季節が通り過ぎてしまったのだ。

何かしなければいけない。

そう思っていた矢先、フェニーチェ修道院の院長から一通の手紙が届く。

何かあったのだろうか。疑問に思いつつ、開封した。

手紙に書かれてあったのは、驚くべきことだった。

「こ、これは――!?」

なんでもあのバルトロマイが、告解室で私に会いたい、と熱望しているらしい。

指名制度はないと断ったようだが、即座に寄付を積んできたそうだ。

院長はお金に目が眩み、引き受けてしまったという。

バルトロマイがやってくるのは、今日の午後。それ以外は難しいと書かれてある。

どうか頼む、と切実さをこめて手紙は〆られていた。

熱はすっかり下がり、咳も止まった。

元気そのものだが、外出の許可はいまだ出ていない。

こうなったら、窓から外に出るしかない。部屋は二階にあるものの、木を伝って下りたら地上に着地できるだろう。

幸いと言うべきか、ばあやは今日、休日である。侍女やメイドは呼ばない限り、私のもとへやってこない。

つまり、行こうと思えば行けるわけだ。

ただ、この手紙を無視しても、大きな問題は起きないだろう。

けれども院長に恩はあるし、バルトロマイがなぜ私に会いたいかも気になる。

会ってはいけない相手だと、わかっていた。

けれどもあの彼が、会いたいと熱望しているというのだ。

おそらく、例の悩みについて何か話したいことがあるのだろう。

バルトロマイと会うのは、私のためではない。彼の悩みを解決するためだ。

そう自分に言い聞かせ、身なりを整える。

ドレスを脱ぎ、厚手のストッキングを穿(は)いたあと、修道女見習いの制服をまとった。頭の上からベールを被り、外れないようにピンで留める。

化粧っ気ゼロのすっぴんだが、ベールがあるので許してほしい。

窓を開き、近くに生えている木に足をかける。太い枝をしっかり踏み、ゆっくりゆっくり下りていく。

なんとか着地すると、一目散に駆けた。

庭師がいないルートはすでに把握している。いつか家出してやろう、といろいろ調べていたのだ。

使用人が出入りする門の鍵を開け、外に飛び出す。

誰にも見つからずに、屋敷の外に行けたようだ。

そこから乗り合いの馬車に乗って、フェニーチェ修道院を目指す。

約束の時間は迫っていた。

あのせっかちなバルトロマイのことだから、すでに告解室に座っているだろう。

私が来ないと思って、大きな体をしゅんと縮こまらせている様子が、ありありと想像できた。

郊外まで行くのは私だけだったようで、馬車にひとりきりとなってしまう。

ふう、とため息を吐いた瞬間、声が聞こえた。

『おい、いいのか？　勝手に家を飛び出して』

「ア、アヴァリツィア⁉」

『深窓のお嬢様がこうもたびたび悪事を働くとはなあ』

彼の言う悪事とは、人目を盗んで屋敷を出たことらしい。たったそれだけで姿を現すなんて。

「アヴァリツィア、今は緊急事態ですわ」

『男に会いに行くと知ったら、お前の両親は卒倒するだろうなあ』

「お黙りなさい！」

カプレーティ家はいつから悪魔と繋がりがあるのか、というのは詳しくは知らない。

ただ、カプレーティ家の者に全員取り憑いているわけではない。悪魔が特別気に入った者にのみ、取り憑いているのだとか。

なぜ、カプレーティ家の者達は悪魔となんか手を組んでいるのか。その理由は悪魔の持つ能力にある。

悪魔は生涯の中でたった一度だけ、大きな代償と引き換えに願いを叶えてくれるようだ。

その代償が何かも知りたくないし、二度と現れてほしくなかった。

なのに先ほど言っていたように、私が悪事に手を染めると、彼はこうしてやってくるのだ。

この悪魔という存在は、おそらくカプレーティ家を苦しませる存在である。

どうにかして祓(はら)えないものか、考えている最中であった。

前世では悪魔なんて取り憑いていなかったのに、どうしてこうなってしまったのか。

『今から、お前の両親に密告してこようかな』

無言で携帯していた聖水を振りかけると、アヴァリツィアは『ぎゃあああああ！』と悲鳴をあげ、姿を消していった。

先日、アヴァリツィアと教会で出会ったとき、悪魔は神聖なものを苦手とすることを思い出したのだ。次に生意気な口を利いたら聖水をかけよう、と思って持ち歩いていたのである。

想定していた通り、アヴァリツィアは聖水が苦手なようだ。

邪魔者は消えた。

悪魔のことは頭から追い出し、バルトロマイのことだけを考える。

なるべく急いでほしいと御者に銀貨を握らせたら、少し飛ばしてくれた。そのおかげで、約束の時間の五分前に到着する。

門の前では院長が待っていた。

「シスター・ジュリエッタ！　ようこそおいでくださいました！」

「すみません、遅くなりました」

「いえ、時間通りですが、モンテッキ卿は一時間半前から告解室に入っています」

「そ、そうですか」

忙しい御身であるはずなのに、実は暇なのではないか、なんて思ってしまった。

今は院長とゆっくり話している場合ではない。急いで告解室に向かう。

「お、お待たせしました！」

バルトロマイは私が座った途端、窓を拳でどん！　と叩く。

彼が本気で叩いたら、窓ごと吹っ飛んでいたはずだ。

おそらく、彼的には軽く触れた感覚なのだろう。

「あのときの、シスターだな？」

「ええ、そうです」

声を聞いただけなのに、ドキドキと心臓が激しく鼓動する。

胸がいっぱいになり、息苦しくもなった。

私にとって彼の存在は、まるで毒のようだ。過剰摂取は体によくない。

「今日も、来ないと思っていた」

なんでもバルトロマイは、あれから三日に一度、フェニーチェ修道院に足を運んでいたらしい。

「何か、悩み事でもあったのですか？」

「いや、これを見てほしくて」

バルトロマイはスケッチブックを持参していたようだ。

まさか、描いた絵を見せてくれるというのか。

身を乗り出して見ようとしたが、目の前に漆黒が広がって悲鳴をあげそうになる。

彼が見せてくれたのは、真っ黒に塗りつぶされた画用紙だった。

バルトロマイの心の闇を映し出したような絵に、絶句してしまう。

「何を描いていいのかわからず、いろいろ描いているうちに、こうなっていた」

「あ、そう、だったのですね」

最初からこれを描こうと思って完成させたものではないらしい。

ひとまずホッとする。

「これまで景色や物、動物、植物など、さまざまなものを描いてみた。けれども、どうにもしっくりこない」

「でしたら、絵を描くことには向いていなかったようですね」

生まれた環境が異なれば、本人の感覚も変わってしまうのかもしれない。

「いや、鉛筆を手に取って、画用紙に向かっていると、不思議と心が穏やかになる」

「あら、そうでしたの?」

私に前世の記憶があるように、彼も前世で趣味にしていた絵画については体が覚えているのだろうか。

いい調子だ、なんて思っていたが……。

「ただ、何か描こうと手を動かした瞬間、俺が描きたいのはこれじゃない、と思ってしまうようだ」

どうやら、絵画が彼にとって心の安寧であったことに間違いはなかったみたいだ。

「いったい何を描けばいいのか、よくわからなくて――」

そういえば、と思い出す。元夫は私の絵ばかり描いていた。

もしかしたら、人物画しか描かない人なのかもしれない。

先ほど彼が口にしたモデルの中に、人という言葉はなかったはずだ。その点に気付いたので、提案してみた。

「でしたら、人物画を描かれたらいかがですか？」

「人を、描くのか？」

「ええ」

「いったい誰を描くというのだ？」

「それは、ご友人とか、ご兄弟とか、ご両親とか」

執事や従僕でもいい。とにかく、人が題材ならば、どこにでもモデルはいるはずだ。

「なるほど。誰でもいいのか」

人物画を描いたら、きっと彼の心も穏やかになるはず。

前世でも、私を描くときの元夫は、とても優しい微笑みを浮かべていたから。

「わかった。試してみよう」

「はい、ぜひ！」

これでお開きか、と思って立ち上がったら、バルトロマイから引き留められる。

「次はいつ来る？」

「わ、わたくしですか？」

「そうだ」

「え、えーっと」

今日は上手く屋敷から脱出できた。しかしながら、次も同じようにできるとは限らない。

「あの、こちらにはジャン・マケーダ院長という、すばらしいお方がおりまして、お話ならば、いつでも聞いていただけるかと思います」

本来、忙しい院長はいつでも応対できない。けれども、寄付金を積んだバルトロマイならば別だろう。そう思って伝えておく。

「いや、俺はお前とだけ話がしたい」

「わ、わたくしめと、ですか？」

「そうだ、ダメか？」

少し憂いを含んだ声色に、胸がキュンとなる。

ダメなわけがない。喜んで!! と言いそうになったが、ごくんと呑み込む。

彼の幸せを心から願い、悩み事があれば解決してあげたい。

けれども、これ以上接したら、大変なことになるのではないか、と危惧している。

現に今も、バルトロマイと話しているだけで、呼吸が乱れ、鼓動が激しくなっているような気がするから。

前回、鼻血を垂らしてしまった前科があるので、天井を見上げておく。

それくらい、彼との会話は刺激が強いのだ。

「えーっと、えーっと、え――――っと、お約束は、難しいですわね。わたくし、毎日ここにやってきているわけではありませんので」

言い切った‼　私は世界一偉い‼

なんて自画自賛していたが、バルトロマイは思いがけない発言をする。

「ならば、三日おきの、今日と同じ時間にやってくるから、偶然会えたら話を聞いてほしい」

「なっ⁉」

暇なんですか⁉　と叫びそうになったが、そんなわけはない。

前世の元夫は、太陽よりも早く目覚めて自主訓練をし、日付が変わるまで働いていた仕事人間だった。今世でも同じであると思っていいだろう。

もしも時間を作ってここにやってきているとしたら、彼は睡眠や食事の時間まで削っているに違いない。

ならば、別の方面から諦めてもらおう。

「あの、実はわたくし、見習い修道女なのです。本当ならあなた様の告白を聞けるような、立派な人間ではなく――」

「別に構わない。声を聞いてすぐ、熟達した修道女でないくらい、わかっていた」

「ならばなぜ、深刻な悩みを告げたのですか？」

「わからない。先日も言うつもりはなかったのだが、お前の声を聞いていたら、いつの間にか話していた」

そんなこと、ありうるのだろうか。よくわからない。

前世の元夫は他人に弱みを見せるような男性（ひと）ではなかったから。

「どうしてか理由は不明だが、とにかく話を聞いてもらうならば、お前がいい。お前しかいない」

その声色は酷く苦しげで、彼が助けを望んでいることがわかる。

もしも私がここで彼を見捨てたら、これからも苦しむことになるだろう。

私と彼が出会うことは罪かもしれない。

けれどもこうして、顔を合わせない状態で手助けするだけであれば、前世のような悲劇を招くこともないだろう。

今世では幸せな人生を送ってほしい。そのために今、手を差し伸べるだけなのだ。立派な『元夫の幸せを願う会』の活動の一環に違いない。

「……わかりました。それでは三日後の同じ時間に、ここでお会いしましょう」

「いいのか!?」

「え、ええ、まあ」

「よかった。シスター、感謝する」

バルトロマイは弾んだ声で言葉を返す。

きっと明るい表情を浮かべているのだろう。もしも直視していたら、卒倒していたかもしれない。

彼との間を隔てる壁があってよかったと心から思った。

ここでお別れかと思いきや、バルトロマイは思いがけない質問を投げかけてくる。

「名前を聞いてもいいだろうか？」

「わたくしの？」

「ああ。俺はモンテッキ家のバルトロマイだ」

お互いに名前は秘密にしておきましょう、と言おうとしていたのに、先に名乗られてしまった。

一応、ここではシスター・ジュリエッタと名乗っていたが、院長は私の名前を言わなかったようだ。どうしようか、悩んでしまう。

当然、カプレーティ家の者だと名乗るつもりはない。もしも彼に伝えたら、告解室の壁を破壊し、暴れ回る可能性がなきにしもあらずだから。

「どうした？」

「あ――では、〝ジル〟とお呼びくださいませ」

ジルというのは、前世で元夫が呼んでいた愛称である。

よりにもよって、咄嗟に出た名前がそれだったとは。

未練たらたらではないのか、と自身を心の中で責める。

「わかった。では、ジルと呼ばせてもらおう」

「――っ!!」

思いのほか優しい声だったのでキュンと、ときめいてしまう。たった一言なのに、破壊力抜群だった。叫ばなかった私を誰か盛大に褒めてほしい。

必死に声を絞り出し、「それでは、ごきげんよう」と彼を見送るための言葉をかける。

だが、彼はなかなか立ち上がろうとしない。

「あの、何か？」

「せっかく名乗ったのに、お前は俺を名前で呼ばないのか？」

少し拗ねたような声色で、そんなことを言ってくる。

かわいいが過ぎる……ではなくて、心臓に悪い発言だ。

「えーっと」

「まさか、こちらの名乗りを聞いていなかったのではないな？」

「いいえ、そんなわけありませんわ」

「だったら、呼んでみろ」

おそらく、私が名前を口にしないと帰らないのだろう。

仕様がないと思い、呼びかけてあげる。

「それではごきげんよう、モンテッキ卿」

「は!?」

なんともドスの利いた声で聞き返してくれる。

理由を聞かずともわかる。

家名ではなく、名前で呼びやがれ、と言いたいのだろう。そういう意味が込められた「は⁉」だった。

「やはり、名前を聞いていなかったのではないのか？」

「そんなことなどありません！　バルトロマイ様！　これでよろしいでしょうか⁉」

必死に訴えると、くすくすと笑う声が聞こえた。

あのバルトロマイが笑っている⁉

いったいどんな笑みを浮かべているのか、窓を覗き込みたくなってしまったが、寸前で堪えた。

「あ、あの、わたくし、何かおかしなことを言いましたか？」

「いや、冗談だったのに、必死になって言うものだから、おかしくて」

「ううっ……」

どうやら、彼の策略に嵌まってしまったようだ。

「ジル、悪かった」

「いいえ、どうかお気になさらず」

「今度謝罪の品を持ってくる。それで許せ」

「え、その──！」

そういうのは困ります、と訴えようとしたのに、バルトロマイは颯爽と去ってしまった。

彼とこうして話せるのは夢のようだ。けれども、これ以上はいけない。

『お前は本当に罪深い女だな』

「アヴァリツィア！」

出てくると思っていた。

『お前、自分が何をしているのか、わかっているのか？』

「……」

前世では私が彼に恋したせいで、死なせてしまったのだ。

こうして会うことは罪深いことなのだろう。

『モンテッキ家の男と逢瀬を重ねて、双方の家の争いの火種にでもなるつもりなんだな』

「ち、違います！」

『だったら、あの男とは距離を置いたほうがいい』

アヴァリツィアに言われずともわかっている。だから、今すぐ消えてほしい。

聖水の瓶をちらつかせただけで、アヴァリツィアは姿を消した。

ひとりになったあと、盛大なため息が零れる。

そうして、恋心というものは本当に厄介だと思ったのだった。


告解室の外に出ると、院長が待ち構えていた。

「大丈夫でしたか？」

「ええ、まあ」

なんでも、何かあったら駆けつけられるように、告解室の近くで待機していたそうだ。

「院長、お忙しいのでは？」

「寄付金をたくさんいただいておりますので、それだけの働きをしなければ、と思った次第です」

院長を動かすのは、いついかなる時もお金のようだ。

バルトロマイと話して張り詰めていた心が、いつの間にか解(ほぐ)れている。

「それにしても、彼はあなたがカプレーティ家の娘だと気付いているのですか？」

「いいえ、気付いていないようでした」

「だったらよかったです」

「よ、よくないですわ！」

院長が私に話を繋いだせいで、こうして二回も会ってしまったのだ。

私が十三年間、鋼の意志でバルトロマイと出会わないようにしていたというのに。どうしてこうなったのか。運が悪いとしか言いようがない。

「彼には、ジルと名乗っておきました。もしもわたくしのことを聞かれたら、今後も本当の名前を教えないようにしておいてください」

「それはもう、わかっておりますよ」

院長はバルトロマイがモンテッキ家の嫡男と知っていたので、私の名前を敢(あ)えて教えていなかったらしい。

のほほんとした印象がある院長だが、実は切れ者なのだ。

そういえば、先ほどから院長が革袋を大事そうに抱えている。

「あの、院長、そちらはなんですか？」

なんだか嫌な予感がして、思わず聞いてみる。

「これは、モンテッキ卿からの、寄付金ですよー！」

帰り際に、院長に無言で差し出したらしい。

「寄付を、いただきすぎなのでは？」

「いいえ、寄付に貰いすぎという言葉は存在しません。すべては、彼の深い信仰心から行われた、善行なんです」

「でも、前もいただいていたのでしょう？」

「ええ。これは今回、シスター・ジュリエッタの働きに対する、感謝のお気持ちなのでしょう」

「だったら、返してきてください」

「寄付は返品不可なのです！」

「そんなお話、聞いたことがありません」

「私は神様からのお声として、耳にしました」

院長には口では勝てない。は――――っと盛大なため息を吐く。

「わたくし、帰ります」

「お気を付けて」

院長は白いハンカチを懐から取り出し、左右に振って見送る。

私は乗り合いの馬車に乗りこみ、家路に就いたのだった。

なんとか無事に帰宅できたものの、メイドに目撃されてしまった。

口止め料を渡しておいたが、守られるものなのか。

その日の夕食は、久しぶりに家族で取ることとなった。

とは言っても、私の七人の姉達は嫁いでしまっている。

そんなわけで、両親と私のみが食卓に集まった。

父は私を見るなり、安心したように言う。

「今日まで安静にしていたから、顔色もよくなった」

その言葉に、母も深々と頷(うなず)く。

「あともう一週間ほど療養に努めていたら、完治するでしょう」

ただ熱を出し、寝込んでいただけなのに、一ヶ月以上も部屋で休んでいなければならないなんて、ずいぶんと大げさである。

三日後、バルトロマイに会うために教会に行かなければならないのだが、過保護をこじらせている両親になんか言えるわけがない。

食欲があるところをアピールし、ひとまず元気になったと思わせておこう。

まずは冷菜のマッシュルームサラダと、温菜のムール貝の蒸し煮(ペッパータ)をいただく。ここ最近、ずっとオートミール粥ばかりだったので、濃い味付けの料理がおいしく感じる。

メインの魚料理は、エビのワインソース添え、肉料理はスペアリブの煮込み。料理長は腕を上げたようで、どちらも絶品だった。

食後の甘味は、私が大好物なドーム状のケーキ、ズコットだ。レモンクリームがたっぷり入っていて、スポンジ生地はふわふわ。食後だというのに、ペロリと完食してしまった。

「ジュリエッタ、食欲も戻ってきたようで、よかったよ」

「すっかり元気なのね」

「ええ、そうなんです。ですので、もう療養なんてしなくても――」

微笑みを浮かべていた両親の表情が、一気に真顔になる。

「それとこれとは別の話だな」

「そうですよ、ジュリエッタ。療養はもうしばし必要です」

両親の発言を前に、ぐったりうな垂れてしまったのは言うまでもない。

「元気になって、陛下主催の夜会に参加しなければならないからな」

「人生で一度きりの、お披露目の場ですから」

「うっ……！」

両親が話すお披露目の場というのは、社交界デビューの舞踏会――通称ル・バル・デ・デビュタントのことだろう。

「あの、前にもお話ししたように、結婚しないわたくしが参加する意味など、ないような気がするのですが」

最初に参加するようにと言い渡されたのは、十五歳のときだった。

その当時は、不安でたまらないから、と訴えてなんとか聞き入れてもらえた。

十六歳のときは腹痛、十七歳のときは軽い捻挫、とさまざまな理由で断り続けていたのだが、今年は最後の機会となってしまった。

この国では十八歳までに社交界デビューを済ませておくのが常識なので、今年はなんとしてでも参加しないといけない。そんな事情があるため、両親は私をしっかり休ませ、ル・バルに挑ませようと考えているのだろう。

「ジュリエッタ、前にも説明したが、別にル・バルは結婚相手を探す場とは限らないのだぞ」

「そうですよ。その家々に生まれた娘が、幸せに、美しく成長しました、とお披露目する場でもあるのです」

「は、はあ」

ただお披露目されるだけならまだいい。

だがル・バルは、国内の夜会の中で唯一、モンテッキ家とカプレーティ家が共に参加する場でもあるのだ。

過去、何度もトラブルを起こしているというのに、皇帝は別々に開催する気はないらしい。

一番上の姉のときは、モンテッキ家傍系出身のご令嬢にスカートを引き裂かれた、なんて話を聞いているので、まるで戦場ではないか、と思ったのを今でも覚えている。

「お父様、お母様、わたくし、不安なんです」

「豪勢なドレスを新調して、ティアラや耳飾り、首飾りまで用意したというのに、何が不安なんだ」

「そうですよ。あなた以上に美しく、華やかに着飾った娘はいないでしょう」

「いえ、そうではなく、その、ル・バルには、モンテッキ家の方々も参加するという話ですから」

和やかになりかけていた食堂の雰囲気が一気に凍り付く。

両親の前でモンテッキ家の名は禁句だとわかっていたものの、言わずにはいられなかったのだ。

「不安ならば、イラーリオにエスコートしてもらえばいい」

「まあ、名案ですわ！」

「なっ――!?」

イラーリオ・カプレーティ――彼は私の従兄で〝カプレーティ家の狂犬〟と呼ばれる、当家きっての問題児である。

前世では元夫と犬猿の仲だった。彼は元夫の親友を殺し、復讐として元夫は彼を殺した。思い出すだけでもゾッとするような、おぞましい話である。

前世でも、彼は私をことあるごとにからかってきたが、それは今世でも変わらず。

私が気にしているところを的確に指摘し、喜んでいるのだ。いったい何が面白いのか、一生理解できないだろう。

生まれ変わっても、人の本質は変わらないのかもしれない。

「お父様、お母様、ル・バルには参加しますので、イラーリオと参加することだけはご遠慮したいのですが」

「なんだ、照れているのか？」

「仕方ありませんわ。イラーリオは、帝都一かっこいい殿方ですから」

なぜ父も母も〝狂犬〟をそこまで褒めるのか。おそらく、身内の欲目、というのもあるのだろうが……。

多くは聞き流しているものの、帝国一かっこいい、という言葉は引っかかる。

そもそも帝都一、いいや、世界で一番かっこいいのは、バルトロマイで間違いないのに。

――なんて発言は、さすがに両親には言えなかった。

このままでは、イラーリオにエスコートさせる方向で話がまとまってしまうだろう。それだけは避けたい。

イラーリオと参加するくらいなら、牛や馬と一緒に入場したほうがマシだ。想像したら、少し面白いかも、なんて思ってしまったのだが。

ふざけている場合ではない。真面目に考えなければ。

誰か、イラーリオよりも上位に位置する男性がいないものか、と考えたところで、父と目が合う。

奇しくも、私をエスコートできる男性を即座に発見してしまった。

「わたくし、お父様にエスコートされて、ル・バルに参加したいですわ！」

「ジュリエッタ、そうだったのか。気付かずに、すまなかった！」

「あら、愛娘をル・バルでエスコートできるなんて、幸せな父親ですね」

ように。

「本当に！」

単純な父親でよかった、と心から思う。

ル・バルには参加したくないが、ひとまずイラーリオとの参加は回避できたので、よかったとしよう。

バルトロマイとの面会から三日後――フェニーチェ修道院に向かわなければならない時間が迫りつつある。

今日はばあやが傍にいて、ル・バルで着るドレスの最終チェックをしてくれていた。

「ジュリエッタお嬢様、こんなすてきなドレスをル・バル・デ・デビュタントで着られるなんて、世界一の幸せ者ですよお」

「そうですわね。お父様とお母様には、感謝しておりますわ」

ばあやには適当な用事を命じて遠ざければ、なんとか屋敷から脱出できるだろう。

しかしながら、戻ってきたばあやが「ジュリエッタお嬢様がいない！」と大騒ぎしそうだ。それに、彼女に対し嘘は吐きたくない。

ばあやは生まれたときから私の傍にいて、お世話してくれる。実の両親よりも、長い時間を過ごしてきたのだ。心配をかけさせたくなかった。

バルトロマイ、ごめんなさい、と心の中で謝っていたら、ばあやが顔を覗き込んでくる。

「ジュリエッタお嬢様、どうかなさったのですか？」

「どうしてそう思いましたの？」

「だって、先ほどから上の空なんですもの」

どうやらばあやには、何もかもお見通しのようだ。

隠し事なんて、きっとできないのだろう。だから、彼女にだけは打ち明けておく。

「実は、フェニーチェ修道院の告解室で、わたくしに話を聞いてほしいってお方がいて、今日、会う約束をしていましたの。どうやらわたくしにしか話せないことのようで——」

「まあ！　そうだったのですね」

「可能であるならば、わたくしはお話を聞いて差し上げたい、と思っていますの。でも、お父様とお母様から、外出を禁じられているから、どうしようかと考えていまして」

「それで上の空だったのですね」

頷いて見せると、ばあやは眉尻を下げ、なんとも言えない表情を浮かべる。

「ジュリエッタお嬢様は、本当に誰かのために、何かをするのがお好きなのですね」

「それは——違いますわ。ただの、個人的な自己満足です」

前世の私は、愛さえあればなんとでもなると信じていた。

今思えば、炊事洗濯などの家事を知らなかったので、元夫と逃げても田舎暮らしなんてできなかっただろう。

あかぎれや傷ひとつない、箱入り娘ならではの美しい手の持ち主だったから。

生まれ変わった今は、奉仕活動のおかげで、家事は一通りできる。

けれども、誰にも祝福されない結婚をするつもりはないし、駆け落ちなんて愚かなことだというのもわかっている。

「ジュリエッタお嬢様、自己満足だなんて、おっしゃらないでください。長年、奉仕活動に身を投じ続けるなんて、誰でもできることではありませんよ。大丈夫です。これからフェニーチェ修道院へ向かいましょう。ばあやに任せてください」

「で、でも……」

「さあさ、早く準備をしますよ」

私は前世でばあやにたくさんの迷惑をかけた。

政敵であるモンテッキ家へ足を運ばせ、元夫への手紙を運んでもらっていた。さらには、結婚式の手続きまでしてもらった。

今世では迷惑をかけないようにしよう、と思っていたのに……。

『お前、今さら何を言っているんだ？』

「――――！」

突然、目の前に現れたのはアヴァリツィアである。ばあやの前だというのに、つい悲鳴をあげそうになる。

悪魔は普通の人には見えないので、何もないのに悲鳴をあげたらばあやをびっくりさせてしまっただろう。

なんてタイミングでやってきてくれたのか。見た目だけは愛らしいのに、憎らしくなってしまう。

『お前は一度、この婆さんに内緒で屋敷を抜け出しただろうが。忘れたとは言わせないぜ』

わかっている。すでに私は、ばあやに黙って外出した。

今日ばかりは、アヴァリツィアの指摘する〝悪行〟を否定できない。

私の周囲をくるくる回るアヴァリツィアを手で追い払い、ばあやにあの日のことを打ち明けた。

「あの、わたくし、実はばあやがお休みの日に一度だけ抜け出したことがあるんだけれど」

「まあ！　なんてことをなさったのですか！　どこかへ出かけるときは、このばあやをお連れください、と言っておりましたのに」

「ごめんなさい」

しょんぼりしていたら、ばあやが優しく抱きしめてくれる。

「次からは、わたくしめが休みでも、お伝えくださいね」

「ええ、約束します」

許してくれたようで、ホッと胸をなで下ろす。

「それで、外出した際、何かあったのですか？」

「裏口から出入りしているところを、メイドに見つかってしまって。きっと、私が勝手に出て行かないよう、見張っている気がするのです」

一応、口止め料を払ったものの、それ以来、いつもメイド達の視線が向けられているかのように感じていた。

もしかしたら、私の行動を目撃すれば口止め料が貰えると思っているのかもしれない。

「でしたら今日は、一階の窓から出たらいいですよ。このばあやが、見張っておりますから。ジュリエッタお嬢様は木登りがたいそう得意でしたから、窓を乗り越えるくらい、なんてことないですよね？」

「ばあや……」

彼女はそう言うやいなや、衣装部屋から修道服を運んできて、瞬く間に着替えさせてくれた。

「ジュリエッタお嬢様は、悩みを隠す癖がありますからね。絶対に怒りませんので、このばあやには、なんでも聞かせてくださいませ」

「ええ。ばあや、ありがとう。いつも感謝しております」

「ふふ、もったいないお言葉です」

ばあやは私が正直に話したら、味方になってくれる。それこそ、自分の身も顧みず。だから、なんでも話さないようにしよう、と決意していた。

けれども、最終的に今回もばあやを巻き込んでしまう。

「ジュリエッタお嬢様、お約束の時間が迫っているのでしょう？　早く行きましょう」

「ええ、そうですわね」

どうせ、バルトロマイと会うのも最後だろう。

ばあやに迷惑をかけるのも、今回限りだ。

そう思って、ばあやと共に屋敷からの脱出を目論む。

一階にある、裏門に近い窓へとばあやは案内してくれた。

「ジュリエッタお嬢様、こちらです」

「ええ、ありがとう」

窓を乗り越え、地面に着地したあと、ばあやも続こうとした。

その時、廊下から声が聞こえてくる。

「あら、エルダ様、そんなところで何をしているのですか？」

エルダとはばあやの名前だ。おそらくメイドだろう。私が窓から出たあとでよかった、と胸をなで下ろす。

どうやらばあやと仲がいいメイドみたいだ。

「庭にハリネズミがいて、眺めていたんですよお」

「まあ！　ハリネズミを見ただなんて、ラッキーですね。なんでもナメクジを食べてくれるとかで、庭師が大切にしているのですって」

「へ、へえ、そうなんですか」

ばあやはメイドに見えない角度から、手を振っている。ひとりで先に行け、と示しているのだろう。この場はばあやに任せ、裏口を目指す。

急いで走っていたら、屋敷の角を曲がってきた人とぶつかってしまった。

「きゃあ！」

「痛っ！」

勢いよくぶつかったので、後ろに転んでお尻を打ち付けてしまう。

いったい誰なんだ、と顔を上げた途端、思わず「げっ！」と声をあげてしまう。

「そんな声、一家のご令嬢が出してもいいのか？」

嫌みったらしく言ってきたのは、カプレーティ家の狂犬こと、イラーリオだった。

長く伸ばした金髪をひとつに纏め、詰め襟のジャケットはボタンをとめずに胸元を見せている。

垂れた瞳も相まって、物憂げに見える様子を見せるこの青年は、私の従兄で間違いなかった。

「ジュリエッタ、お前、まだ結婚もせずに家にいたのか？」

「あなただって、働きもせずに、ご実家にいるではありませんか」

「なんだって？」

転んだ私を助けようともせず、イラーリオはジロリと見下ろすばかりであった。

すぐに立ち上がり、スカートについた枯れ葉をパッパと払う。

「お前、親父から聞いていないのか？」

「何を？」

「この俺が、儀仗騎士に選ばれたことを」

儀仗騎士というのは、教皇を守護する選良兵である。

教皇庁の中でも、将来的に枢要な地位に就く者達が任命されるのだ。

そういえば父がそんな話をしていた気がする。

興味がなかったので、ほとんど聞いていなかったのだ。

「イラーリオ、どうしてあなたが儀仗騎士なんかに任命されましたの？」

趣味は賭博と煙草、下町のチンピラみたいな彼が儀仗騎士に選ばれるなんてありえない。

「そんなの、優秀だったからに決まっているだろうが。この三年、俺が教皇庁で働いていたことは知っていただろう？」

「あら、そうでしたの？　紳士クラブで騒動を起こしてから、騎士に捕まったって話を聞いていたので、てっきり拘束されたままだと思っていましたわ」

イラーリオの表情が怒りで染まった。けれどもそれは一瞬で、フッと余裕たっぷりに微笑んだ。

少しだけ大人の余裕というものを身に付けたのだろうか。

そういえば、ここ数年、彼に会っていなかったような気がする。

私の脳内はバルトロマイのことでいっぱいだったので、イラーリオについて考える暇などなかったのだろう。

「お前は薄情という言葉が世界一似合う女だ」

「昔から、わたくしにだけ意地悪するあなたのほうが、よほど薄情ですわ！」

他の子は遊びの輪に入れたのに私は仲間はずれにしたり、彼がみんなに配っていたお菓子が私の分だけなかったり、木登り大会に呼ばなかったり――彼にされたことはひとつ残さずきっちり覚えている。

「それは、お前の気を引こうと」

「わたくしの気を引いて、怒らせようとなさったのね」

「違う！」

三年ぶりに会ったイラーリオは、今や二十四歳。大人の余裕を身に付けたのかと思いきや、まったく変わっていない。

まだ、二十二歳のバルトロマイのほうがずっとずっと落ち着いているだろう。

「昔のことはどうでもいい！　それはそうと、お前、ル・バル・デ・デビュタントに出るらしいな」

「ええ、そうですけれど！」

最初は嫌だとしか思っていなかったが、両親やばあやが喜んでいるのを見て、まあ、参加するのも悪くないかな、と思い始めているところだ。

「仕方がないから、俺がエスコートしてやる」

「なんですって⁉」

「だから、エスコートしてやるって。光栄に思え」

握った拳が、イラーリオの腹部に向かって伸びそうになった。

いいや、いっそのこと、ひと思いに急所を蹴り上げようか。幼少期から相手にする価値もない奴だと思っていたが、ここで実力を示しておいたほうがいいかもしれない。

グッと足に力を入れた瞬間、両親の顔が脳裏に思い浮かぶ。

イラーリオの急所を蹴り上げ、使いものにならなくなった、なんて話を聞いたら悲しむに違いない。ふたりにとって、イラーリオは自慢の甥なのだから。

これ以上、両親を悲しませてはいけないだろう。歯を食いしばり、息を殺して耐える。

気に食わないことを暴力で解決するのはチンピラと同じだ。

そう思いつつ、怒りを鎮めようと努力する。

「どうした？　嬉しくって、声も出ないのか？」

「いいえ、お断りします」

「は？」

イラーリオは目を見開き、何を言っているのか理解できない、という表情を浮かべる。

「わたくし、お父様にエスコートしていただくのを、それはもう、楽しみにしておりますの。ですから、あなたの申し出は断りますわ！」

呆然とするイラーリオを避け、裏門のほうへずんずん歩いて行く。

途中から、イラーリオの焦るような声が聞こえた。

「おい、お前、父親を伴って参加するとか、恰好がつかないだろうが！」

「どうせ結婚する気はありませんもの。お父様で十分ですわ」

「結婚しない？　お前、どうして――」

イラーリオを振り返り、宣言する。

「わたくし、もうすぐしたら、俗世を離れて、修道院へ身を寄せる予定ですから」

そう言い捨て、再び踵を返す。

イラーリオが追いかけてこなかったので、ホッと胸をなで下ろした。

イラーリオと話していたせいで、乗り合いの馬車を一本逃してしまった。そのため、フェニーチェ修道院への到着が三十分も遅れてしまう。

もしかしたら、バルトロマイはもう帰っているかもしれない。

門の前では、院長が待ち構えていた。

「ジュリエッタさん、モンテッキ卿がお待ちですよ」

「ええ、わかりました」

どうやら、バルトロマイは私の到着を待っていてくれたらしい。

急いで告解室まで駆けていく。

「お、お待たせしました‼」

「来たか」

「は、はい」

ゼーハーと息を整えつつ、席に腰を下ろす。

イラーリオのせいで、大遅刻をしてしまった。

「あの、遅れてしまい、申し訳ありませんでした」

「いや、いい。もともと、俺が無理に呼び出したのが悪いんだ」

イラーリオとは違い、バルトロマイは優しい言葉をかけてくれる。

思わず涙が零れそうになったが、寸前で耐えた。

「えーっと、さっそく本題へ移りますが、人物画は描けましたか?」

バルトロマイは返事をするより先に、スケッチブックに描いたものを見せてくれる。

ぱらり、と開かれたページは、真っ黒だった。

「今回も、ダメだったのですね」

「ああ」

なんでもさまざまな人を描こうとしたものの、どれもしっくりこないどころか、逆に苛立ちが募るという結果だったらしい。

「もう、絵は諦めたほうがいいのかもしれないですね」

「いや、そんなことはない。鉛筆や筆を握り、画用紙を前にした瞬間は、心が穏やかになるから。きっと、描く対象が気に食わないだけだ」

ただ、何を描けばいいのか、本気でわからないと言う。

バルトロマイは声が震えていた。本気で悩んでいるのだ。

どうにか解決してあげたい。

私はダメ元で、提案してみる。

「あの、わたくしを描いてみませんか?」

自分でも何を言っているのか、なんて思ってしまう。

けれども、少しでも彼の心が安らかになるのならば、可能性に賭けてみたい。そう思って提案してみたのだ。

「俺が、ジルの絵を描くというのか？」

「ええ。最初は顔などを描くのではなく、ここの小さな窓から見える手を描いてみるのはいかがでしょうか？」

相手の部屋へと繋がっている小窓には、鉄製の格子が嵌められており、きちんと見えるわけではない。だがちょっとしたスケッチをするだけであれば、問題ないだろう。

「しかし、なぜ手から描けと言うのか？」

「そ、それは――」

初めて元夫が描いてくれたのが、私の手だったから。

前世の記憶が、鮮やかに甦（よみがえ）る。

私が元夫の絵の上手さに気付いたのは、騎士隊で作成した指名手配犯の似顔絵を見たから。すでに犯人が拘束され、不必要となったものを持ち帰ってきたのだ。

それがあまりにも精巧に描かれていたので、絵を描いたらどうかと提案した。

しかしながら、元夫は絵が上手いから、という理由で似顔絵を描かされすぎていたせいで、相当に渋った。当初は、私ですら描くのを嫌がったくらいだ。

根気強く頼みこんだ結果、元夫は、手だけであれば描いてやると言ってくれた。

そうして指名手配犯の似顔絵が描かれた紙裏に私の手を描き始めたのだが、一時間ほど一言も喋らず、集中して仕上げてくれたのだ。

元夫が描いてくれた手の絵画は大層すばらしく、私は額縁に入れて飾っていた。

あれだけ渋ったのだから、もう二度と絵を描くことなんてないだろう。

そう思っていたのに、元夫は翌日、また私の絵を描かせてくれ、と頭を下げてきたのだ。

夫がこんな風に頼み込むなんてよほどのことである。

なんでも、私の絵を描く間は心が満たされ、気分が高揚していたと言う。

家に帰って他の絵を描いてみたものの、その感情は味わえなかったらしい。

そこまで頼むのならば、とモデルを引き受けることとなった。

それから、元夫はすさまじい集中力で、私の絵を仕上げた。絵の具なんて触るのは初めてのはずなのに、彼は巧みにそれらを扱い、すばらしい一枚を仕上げた。

私の姿はとてつもなく美化されていたが、元夫にはそういうふうに見えていたのかもしれない。

そんな悲しい現実はさておいて。

あまりにも情熱的に見ながら描くので、他の人を描く彼の姿を想像すると嫉妬してしまった。そのため、元夫には私以外描かないでほしい、と頼んだのだ。

それからというもの、元夫は何枚も何枚も、私の絵を仕上げていった。

お願いした通り、彼は私以外を描いていないらしい。

絵を描く彼は、本当に楽しそうで、幸せそうで、活き活きとしていた。

皇帝の剣としてしか自身の存在意義を見いだせなかった彼が、趣味を見つけたというのはとても喜ばしいことである。

ただ、元夫は私を描くだけで満足しているようで、その絵を誰かに見せようとはしなかった。

あまりにも美しい絵画を前に、私だけで楽しむのはもったいないと思ってしまう。

そこでちょうどコンテストがあったので出品させたところ、見事、優秀賞を受賞したのだ。

その絵は美術館に飾られることとなったのだが、公開日になっても姿を現すことはなかった。

さらに、受賞と賞金を辞退した、なんて噂話も流れ始める。

いったいどうして、と思って元夫に連絡したところ、彼の父親がコンテストに不服を申し立て、辞退させたらしい。

なぜ、そんなことをするのか。私は腹を立ててしまう。

元夫の父親曰く「誇り高い国王陛下の騎士が、護衛の職務以外の行為に手を染めるなど、怠慢が過ぎるのではないか」と主張していたらしい。

当然、元夫の描いた絵なんて認めようとしなかったようだ。

彼の自室に飾っていた私の絵はすぐに燃やされ、手元に残ったのは数枚のスケッチだけだったと言う。

いつもは強気でへこたれない元夫が、珍しく凹んでいた。もう二度と絵なんか描かないと宣言していたものの、一ヶ月と経たずにまた私を描き始める。

もうすでに、元夫の人生と絵は引き離せないものとなっていたようだ。

ただ、以前とは違って、隠れて行わなければならなかった。なんでも父親から、次に絵を描いたら絶縁する、と言われていたそうだ。

そんな事情があり、元夫は私と会う時間のほとんどを絵画に費やす。

会話もなく、一心不乱に描いていた。

喋りたいこともあったのだが、別にいいや、と思ってしまう。

なぜかと言えば、絵を描く彼の様子が、とても幸せそうだったから。

そんな元夫が最後に描いたのは、ベールを被り、婚礼衣装を着た私の姿だった。あの絵は丁寧に仕上げ、額装までしていた。今もどこかにあるのだろうか。

百年以上も前の話である。もう、どこにも存在しないのかもしれない。

それでも、おそらく今の彼が心の奥底で欲しているのは〝絵を描くこと〟なのだろう。

だから前世と同じように、私の手を描いてみないか、と提案してみたのだ。

「なんと言いますか、いきなり顔から描くというのは、難しいと思います。ですから、まずは手から挑戦するのはいかがかと思いまして」

「なるほど。そこまで言うのであれば、描いてみよう」

バルトロマイはスケッチブックの真っ白なページを開き、鉛筆を握る。

私は手がよく見えるように、小窓に差し伸べた。

ザッザッザッ、と鉛筆が紙の上を滑る音のみが聞こえる。

こうして描いていても、何かが違う、と画用紙を黒く塗りつぶし始めるのではないか、と思ったが、彼は一時間かけて私の手を描き上げた。

無言で見せてくれたので、手を叩いて絶賛する。

「すばらしい腕前ですわ！　まるで、画師(えし)様が描いた作品のようです！」

「……これだ」

「え？」

「わかった。俺はずっと、お前の絵が描きたかったんだ！」

「あ、い、いえ、お待ちください。他の方でも、手や足のパーツを描いてみてくださいませ！」

前世では私だけを描くようにお願いしたので、私しか描かなかった。

けれども今世では、そのようなことなど一言も頼んでいない。それなのに、なぜか私の絵を描きたいと主張し始める。

こんなはずではなかったのに……。

「ジル、顔を見せてくれ。お前ならば、顔も描いてみたい」

「な、なりません!!」

顔を見られたら、私がカプレーティ家の娘だと気付いてしまうかもしれない。

聡慧（そうけい）の青と呼ばれている瞳は、カプレーティ家以外の者は持たないから。

逆に、モンテッキ家の赤い瞳は、闘志の赤と呼ばれている。

そのため、カプレーティ家は青の貴族、モンテッキ家は赤の貴族と囁かれているのだ。

「少しでいい。ざっと下絵だけでも描かせてくれ」

「お断りいたします!!」

もう潮時だ。そう思い、私は告解室から出て行く。

これ以上、バルトロマイと会うのは危険だ。逃れられなくなってしまうだろう。

今日も院長が外に待機していたので、勢いのまま伝えた。

「しばらく、ここには来ません！　モンテッキ卿にも、そうお伝えくださいませ！」

教会の裏口から脱出し、乗り合いの馬車に乗って家路に就く。

やっとひとりになれた――と思っていたのに、声をかけてくる不届き者が現れた。例のごとくアヴァリツィアである。

『お前さー、あいつのこと見捨てるつもりか？』

「な、何をおっしゃっているのですか⁉」

『だって、あの男はお前を描くことに悦（よろこ）びを見いだしたのに、もう会わないなんて、無責任じゃないか』

「そ、それは……」

どくん、どくんと胸が嫌な感じに脈打つ。

そんな私の顔を、アヴァリツィアは嬉しそうに覗き込んできた。

『もしもあの男がお前を描きたいのに描けなくて、永遠に苦しむことになったら、お前は悪魔みたいな所業に手を染めたことになるぞ』

バルトロマイを助けたいという一心で相談に乗っていただけなのに、こんなことになるなんて。

「アヴァリツィア、あなたの顔なんて、見たくありません‼」

『そうかい』

驚くほどあっさりと、アヴァリツィアは姿を消す。そうこうしている間に、馬車は目的地に到着したようだ。

カプレーティ家の近くにある馬車乗り場では、ばあやが待っていた。

「ジュリエッタお嬢様、お帰りなさいませ！」

「ばあや、ただいま」

問題は山積みなのに、ばあやの顔を見たら安心してしまう。

ばあやの抱擁を受けながら、今日のところは深く考えないようにしよう、と思ったのだった。

◇　◇　◇

私はばあやが「そろそろ行かなくても大丈夫ですか？」と心配するレベルで、フェニーチェ修道院へ行かなくなった。

ただ、お菓子を作ったり、屋敷で余った野菜や肉などをまとめて送ったりはしている。

シスター・ボーナからは、感謝の手紙が届いていた。

彼女には、ル・バルの準備で忙しいと伝えていたのだ。

そのうち院長から手紙が届くようになるのではないか、なんて心配していたが、想定外の事態となる。

院長が直接うちを訪問してきたのだ。

「いやはや、モンテッキ卿が大量の寄付を片手に、ジュリエッタさんの素性を教えるように迫ってきまして」

院長の瞳はキラキラ輝き、声には張りがある。どこからどう見ても、被害を訴えているようには思えない。

「ぜんぜんお困りではないのでは？」

「そんなことないですよお」

院長はヘラヘラ笑っているものの、さすがに寄付金は受け取っていないらしい。

「本当ですか？」

「嘘は言いませんよ。教会の修繕費が少し欲しかったので、寄付を当てにはしていたんですが、おかげさまで最近目標額まで貯まりましたので、受け取る必要がなくなったのですよ」

「そうですか」

院長は毅然とした態度で、個人的な情報はいくら寄付を積まれても伝えることはできない、と言ってくれたらしい。

その成果があったのか、バルトロマイは姿を見せなくなったようだ。

初めて、院長が頼もしく見えてしまう。

「私も、やるときには、やるのですよ」

「さすがですわ」

今日はバルトロマイが私を探そうとしていることを伝えに来てくれたようだ。

「まさか直接訪問してくださるなんて……お手紙でもよかったのですが」

「いえ、街の用事のついでです」

ニコニコしていた院長だったが、急に真顔になる。

「して、ジュリエッタさんは本当に、うちの修道院へ身を寄せるつもりですか？」

「それは――」

そのつもりだったが、バルトロマイはあそこで私が奉仕活動をしていることを知っている。

再び訪問するようになれば、彼に見つかってしまうかもしれない。

頭が痛い問題である。

「彼、モンテッキ卿はそのうち諦めると思いますか？」

「さあ、わかりません。しかしながら、個人的な人生経験から言わせていただくと、ああいうタイプは一途（いちず）で、こうと決めたことは曲げない者が多いように思います」

つまり、バルトロマイは私の絵を描くことを諦めていない、と。

勘弁してほしい、と頭を抱えてしまった。

この世の中には、絵の題材となるすばらしいモデルがたくさんあるというのに、よりによってどうして顔も見ていない私なのか。理解できないでいた。

「もしも本気で修道女になりたいと言うのであれば、隠れ里の教会をお教えできます」

「院長、ありがとうございます」

個人的に、フェニーチェ修道院には思い入れがあった。

それは前世で、元夫と結婚式を挙げた教会だから。

できればそこで、生涯シスターとして奉仕活動に勤しみたいと思っていたのに、どうやら叶いそうにない。

「少し、考えさせてください」

「わかりました」

長年、通ってくれた私と別れるのは、院長も寂しいと言ってくれる。

「それにしても、よくわたくしみたいな小娘を、受け入れてくれましたね」

「フェニーチェ修道院は常に人手不足ですから。猫の手でも借りたい状況は、今もですよ。それに――」

「それに？」

「いえ、なんでもありません」

「気になるのですが」

「今度、お話ししましょう」

そう言って煙に巻いて、結局は言わないつもりなのだろう。院長のすることなんて、お見通しなのだ。

まあ、いい。院長には本当にお世話になった。

深々と頭を下げる。

「少し落ち着いて、モンテッキ卿が諦めた様子を見せたならば、お菓子と料理を持って、またフェニーチェ修道院を訪問しますわ」

「お酒もあると嬉しいのですが」

「神父様は禁酒なのでは？」

「では、神酒（ネクタリス）にしてください」

「神とついているからといって、神父様が飲めるものではありませんからね！」

そんなやりとりののち、院長はやわらかな微笑みを浮かべたまま、帰っていく。

彼がフェニーチェ修道院にいる限り、バルトロマイがしつこく言い募っても、大丈夫そうだと思ってしまった。

◇　◇　◇

今日は久しぶりに、お茶会に参加した。

両親と交流があるベルティ伯爵家の娘ソフィアが開催したもので、私以外に五名ほどのご令嬢が同席していた。長らく夜会にすら参加していなかった私がやってきたからか、他のご令嬢は驚いた表情を浮かべる。

「まあ、ジュリエッタ様、お体は大丈夫ですの？」

「おかげさまで、最近は調子がよくて」

これまで何度もお茶会の招待を受けていたのだが、すべて体調不良だと返信し、不参加だったのだ。歓迎されているようで、ホッと胸をなで下ろす。

前世では社交を頑張っていたものの、今世ではまったくと言っていいほどやっていない。ル・バルに向けて、その辺の感覚を取り戻そうと思い、今日は参加したのだ。

別に頑張らなくてもいいのだが、両親に恥はかかせたくない。そんな一心で、やってきたというわけである。

「ジュリエッタ様はル・バルに参加するのは、初めてですよね？」

「ええ、そうなんです。とても緊張していて」

ル・バルに参加するのは、社交界デビューを果たす娘ばかりではない。

皇帝に招待された国内有数の貴族達がこぞって顔を出すのだ。

ここにいるご令嬢方も、招待を受けていると言う。

「今年はカプレーティ家のイラーリオ様も参加なさるのよね？」

「ええ、そうみたいですわね」

いかにも興味ありません、という声色で返したのに、ご令嬢方は「きゃあ！」と声をあげて色めき立つ。

「彼がどうかなさったの？」

「いいえ、先月行われた教皇のパレードに参加された儀仗騎士の中でひときわ輝く美貌の持ち主だったので、貴族令嬢のサロンで話題になっていたのです」

「とってもすてきでしたわ！」

イラーリオは私の知らないところで、ファンを大勢作っていたらしい。

黙っていたら、それなりの美形であることは認める。

しかしながら、一言でも喋ったら、途端に残念な男になるのだ。

私をからかったり、憎たらしい表情を浮かべたりするところを皆に見てもらいたい。たちまち幻滅するだろうから。

そんな場面のイラーリオを肖像画として描いてもらい、公開でもしてやろうか。

なんて考えたところで、そういういじわるを思いつくところが、彼と同じ血族なんだな、と自分自身に嫌気が差してしまった。

そんな私の心中など知らぬげにご令嬢方は話を続ける。

「でも、モンテッキ家のバルトロマイ様も負けておりませんわ」

「たしかに、彼もイラーリオ様に負けないくらい、かっこいいですわ」

その意見には、たしかに!!　と頷きそうになる。

けれども寸前でなんとか耐えた。

「ただ、バルトロマイ様は夜会には一度も参加なさらないそうよ」

「私も噂を聞きました。たしか、華やかな場が苦手だそうで」

元夫もそうだった。彼は一度だって護衛任務以外で公式行事に参加したことはなく、騎士としての任務に勤しんでいた。もしかしたら今世ではル・バルでバルトロマイに会ってしまうのではないか、と戦々恐々としていたのだが、どうやらその心配はしなくてもよさそうだ。

ご令嬢方はそのままバルトロマイの話に花を咲かせていたが、途中でソフィアが「ちょっと!!」

と窘(たしな)める。私がカプレーティ家の娘で、モンテッキ家の話題は禁句だとそれとなく伝えているのだろう。

ご令嬢方はすぐに気付き、口元を扇で隠してぎこちなく微笑んでいた。

せっかくお茶会に参加したのだから、楽しい時間を過ごしたい。

私は焼き菓子を手に取り、皆に話しかける。

「このバーチ・ディ・ダーマ、とってもおいしいですわ」

アーモンドプードルを使ったクッキーに、濃厚なチョコレートクリームを挟んだお菓子である。

それを口に含むと、自然と笑顔になる。

ぎこちない雰囲気はどこかに消え、和やかな空気になったのだった。

◇◇◇

修道院に身を寄せるのだから、これまで避けていた社交好きな母との付き合いを徹底的にしておこう。

そう決意するのは簡単だったが、実行すると想像をはるかに超える大変さだった。

母が主催した晩餐(ばんさん)会に参加したり、屋敷に呼んだ商人との買い物に付き合ったり、音楽鑑賞に同行したり。

母は友人知人が多く、交流は大の得意。お出かけするのも大好きで、毎日のように誰かと会っているようだ。

一方、私はひとりでのんびり過ごすのが好きで、お茶会を主催するのも年に一度か二度くらい。積極的な母の予定に参加するとぐったり疲れてしまうので、いつしか避けるようになっていたのだ。

修道院に入れば母とゆっくり過ごすことなど許されない。後悔のないように、と思って決めたことだったが、すでに早まった行動だったか、と悔やむ私がいた。

今日の晩餐会にはイラーリオもいたので、余計に嫌な予感がしていたのだ。

客は皆が皆、イラーリオを褒め、将来有望だと絶賛する。

彼は私のほうをちらちら見て、「ほら見ろ！」と言わんばかりだった。

そんなイラーリオを無視しつつ、私は壁紙に描かれた花びらを数えるという、人生でもっとも無駄な時間を過ごしていた。

食後、男性達は喫煙室に行き、女性達は客間へ向かう。

そんな中、イラーリオが私を引き留めた。

「おい、ジュリエッタ」

「お断りですわ」

「まだ何も言っていないだろうが」

「どうせ、あなたが参加する催しか何かに同行するよう、言いたかったのでしょう？」

同じ年頃の親戚が他にいないというのもあって、興味を持って近づいてくる女性から身を守る盾にでもしたいのだろう。彼の魂胆はわかりきっていた。

る。

「よくわかったな。明日、〝馬上槍試合〟があるだろう？　参加するから、見に来いよ」

馬上槍試合というのは、年に一度、円形競技場で行われる模擬戦争である。

なんでも三世紀以上も前、カプレーティ家とモンテッキ家が大きな内乱を起こした。結果、この国は首都が壊滅状態になるというとんでもない状況に追い込まれ、両家の相打ちという形で終結する。

二度とこのような騒ぎを起こさせないようにと皇帝が考えたのが、馬上槍試合である。

実のところ、これ以外のカプレーティ家とモンテッキ家の衝突は強く禁じられているのだ。

まるでお遊戯だ、と口にするひねくれ者は少なくないようだが、とはいえさすが公式行事とあって、皆、本気で戦う。

初めの年は死傷者が五十名以上出たため、翌年からは槍を使わず、細長い棒のような棍という武器を使って行われるようになったらしい。

ルールは非常にシンプルだという。

手にしている棍を手から離すか、馬から落ちた者の負けである。

死人が出たら翌年は中止になるというので、毎年、手加減しつつ戦っているようだ。

そのため、一年目以降、死人は出ていない。

前世で一度だけ、元夫が出るからと誘われていったが、会場は異常と言えるほどの熱気に包まれ、長年の恨みが籠もった戦いは見ていて気持ちがいいものではなかった。

そのため今世で誘われたとしても、行こうとは思わない。

「馬上槍試合なんて、野蛮な行事には行きませんわ」

「そんなこと言うなよ。いいから来い」

「嫌────」

イラーリオは私の肩に手を置き、ぐっと接近して耳元で囁く。

「前に、お前が修道服を着て、勝手に外出しようとしていたことを、両親に密告するぞ」

「なっ⁉」

いつ、どこで私が屋敷から抜け出すのを目撃したというのか。視線や気配などまったく感じなかったのだが……。

うろたえる私を見て、イラーリオは勝ち誇った様子でいる。

腹立たしい気持ちになったものの、療養中に勝手に家を飛び出したことが父と母に知られたら悲しませてしまうだろう。

それにもうすぐここを離れるのに、問題を起こしたくなかった。

「わかりましたわ。でも、二度とそのことで脅さないでくださいませ」

「脅しじゃない。ただの頼みだ」

ジロリと睨んだのに、イラーリオは楽しげに笑いつつ踵を返す。

腹立たしい気持ちを抑えながら、客間へと向かった。

母を中心に女性陣が集まり、会話に花を咲かせている。

話題になっていたのは、明日開催される馬上槍試合だった。

「明日はイラーリオ様が参加されるようで」

「ええ、そうですの」

自分の子でもないのに、母はイラーリオが立派に育ったと褒められ、嬉しそうだった。

「イラーリオ様は結婚の予定などないの？」

「ええ、ぜんぜん。ここ数年、教皇庁に籠もりっぱなしで、俗世に戻ってきたばかりだから、結婚相手もゆっくり探したいのですって」

「もしも優勝したら、誰に金杯を捧げるのかしら」

「気になるわ」

金杯というのは、純金でできた小さな杯である。馬上槍試合の優勝者にのみ捧げられるのだ。

この金杯は、想いを寄せる女性に捧げると、幸せになるという謂(いわ)れがある。

ここ数年は既婚者が金杯を得ていたので、捧げる様子は見られなかったようだ。

「恋心を寄せる女性に捧げるなんて、ロマンチックですわね」

「本当に。今年はその様子を見てみたいものですわ」

皆、頬を赤らめつつ、楽しそうに話している。

よくもまあ、品も何もあったものでない戦いを前に、うっとりできるものだ。

「ジュリエッタ様も、見に行きますよね？」

その発言に、母が「ジュリエッタは行きませんの」と答えたが、私はすぐに否定する。

「いいえ、わたくしも明日は参加します」

「ジュリエッタ、大丈夫なのですか？」

毎年、母が誘ってくれていたのだが、会場の熱気にあてられ、具合が悪くなってしまうだろうと主張し、断っていたのだ。

「おそらく見学できるのも最後でしょうから、一度見ておこうと思いまして」

イラーリオに脅されて参加することになったとは、口が裂けても言えない。

「最後ってことは、もしかして、ジュリエッタ様は結婚なさるの？」

皆のキラキラした視線が、一気に集まってくる。その一方で、母は表情を曇らせていた。

内心申し訳ない、と思いつつ、事情を軽く語っておく。

「わたくし、俗世から離れて、修道院に身を寄せる予定ですの」

明るく言ったのだが、場の雰囲気を暗くしてしまった。

「それは、どうしてですか？」

勇気ある者がいたのだろう、誰かが突っ込んだ質問をしてきたので、私は母の顔色を窺(うかが)う。

母は仕方がないとばかりに、説明をしてくれた。

「この子は、嵐のような結婚生活よりも、静かな神様との日々を望んでいるだけなのです。どうか、そっとしておいていただけると、非常に嬉しく思います」

皆、母の言葉を聞き入れてくれたようで、それ以上話は広がらなかった。だが母は思いもよらないことを言い出す。

「ジュリエッタがイラーリオと結婚してくれたら、よかったのですが」

「お母様、いったい何をおっしゃっていますの⁉」

「だって、イラーリオもあなたのことを、幼少時から気に入っていたようですし」

どこが⁉　と叫ばなかった私を褒めてほしい。

母がそんなことを思っていたなんて、初めて知った。

イラーリオと結婚するなんて、冗談でもやめてほしい。

「どうして？　イラーリオはああ見えてあなたのことを大切にしてくれるだろうし、真面目になったのも、きっとあなたのためですよ」

「まさか！　彼の悪行が原因で、教皇庁に入れられたのですよね？」

「それは――」

嘘が吐けない母は言いよどんでしまう。これでは認めたようなものだろう。

皆の視線が、私と母に集まっているのに気付いてハッとなる。ハラハラしたような目で見られていたようだ。ここでするような話ではなかった。

「とにかく、イラーリオは引く手あまたなお方でしょうから、わたくしにはもったいないですわ」

その一言で、皆の緊張が解けたように見える。

私もホッと胸をなで下ろしたのだった。

馬上槍試合が開催される朝――侍女達がパウダーブルーのデイ・ドレスを運んできた。いかにも、カプレーティ家の娘、といった雰囲気の一着である。

ドレスが原因で、揉(も)め事に巻き込まれたら大変だ。モンテッキ家のご令嬢方に絡まれたくもない。すぐに、別の色のドレスを持ってきてもらう。

代わりに選んだのは、キャロットオレンジの華やかな一着である。普段であれば遠慮したい色合いだが、カプレーティ家を連想させるようなドレスよりはマシだろう。

髪は丁寧に結い上げてもらい、髪飾りはせずにピンで留めるだけにしてもらう。

身支度を眺めていたばあやが、一言物申す。

「あの、ジュリエッタお嬢様、せめてリボンだけでも結んだらどうでしょうか？」

「帽子を被るから、邪魔になると思って」

帽子が入った箱の蓋を侍女が開き、ばあやに見せてくれる。

その帽子はつばが広く、顔が隠れる意匠(デザイン)だった。大きなリボンや花といった飾りがあしらわれていて、髪飾りなどなくとも十分美しく見えるだろう。

「ああ、なるほど。そういうわけだったのですね」

「ええ。すてきな帽子でしょう？」

「はい！」

今年の誕生日に母が贈ってくれた帽子で、貰った当初はかなり派手だなとしか思っていなかった。

おそらく、参加する女性陣は皆、南国の鳥みたいに豪勢な装いでやってくるだろう。私の帽子なんて、霞んでしまうはずだ。

なるべく目立たないような装いで、静かに過ごしたい。それだけが目的であった。

カプレーティ家の色でないドレスを着ている私を見た母は、落胆していた。

「急遽、親子でお揃いのドレスを用意したのに」

「申し訳ありません、そうとは知らず……。お母様からいただいた帽子の色に合わせたドレスを選んでしまいました」

「あら、そういえば、その帽子は誕生日に差し上げた品でしたね」

「ええ、そうなんです。かわいいと思いませんか？」

「世界一かわいいです‼」

なんとか誤魔化せたので、内心ホッとため息を吐く。

父と合流し、円形競技場がある首都の郊外に向かった。

馬車で走ること一時間ほど。

石造りの半円状の建物が見えてくる。あれが馬上槍試合の会場となる、円形競技場だ。

かつては剣闘士と肉食獣を戦わせ、賭け事をする場所だったらしい。

けれども三世紀前に教皇が野蛮な行為だと禁止して以降、ここは神聖なる戦いの場となった。

私から見たら、馬上槍試合も十分粗野で乱暴なのだが、その前に行われていたものに比べたら、まだ秩序が保たれているのだろう。

円形競技場の周囲には露店がたくさん並んでいて、料理や果物などの食べ物だけでなく、珈琲に紅茶、ワインなどの飲み物も売られているようだ。

馬車から降りると、席に案内される。

座席は一階から五階まであり、特別席は一階、一等席が二階、一般席が三階と四階、五階はもっとも安価な立ち見席らしい。

一階には日避けも立てられていて、寒くないよう薪暖房が設置されていた。

座席のほうはすでに熱気に包まれていて、ざわざわと騒がしい。

驚いたのは、向こう側の一階席が真っ赤な服を着た人々で埋め尽くされていたこと。モンテッキ家の人々がこぞって観に来ているのだ。

そしてこちら側の一階席は青い服を着た人々で埋め尽くされていた。五十名以上はいるだろうか。全員が傍系なども含めた親族なのだろう。

特別席でひとり、キャロットオレンジの服を着た私は、悪目立ちしているような気がしてならない。大人しくパウダーブルーのドレスを着てきたらよかった、と後悔してしまった。

ばあやのいる二階席に行こうか。そう思って立ち上がった瞬間、背後より声をかけられる。

「なんだお前、そんな色のドレスを着て。ひとりで目立とうと思っているのか？」

振り返った先にいたのは、白い板金鎧をまとう騎士。顔まで覆われているので一見誰だかわからないが、声からして間違いなくイラーリオだろう。

「あなた、こんなところにいて、大丈夫ですの？」

「お前がきちんと参加しているか、確認に来たんだ」

「約束は守ります」

脅しに屈する形になったのは気に食わないが、口止めするためには仕方がないと思い込んでおく。

「なあ、ジュリエッタ」

イラーリオが話しかけた瞬間、モンテッキ家の席のほうから「きゃ――――!」と黄色い声援が聞こえてくる。

漆黒の鎧に身を包んだ騎士が、白馬に跨(また)がって競技場に出てきたのだ。

いったい誰なのだろうか、と思った瞬間に気付いてしまう。

あれはバルトロマイだ。

元夫の鎧姿を舐(な)めるように見ていた記憶があるので、間違うわけがない。

そうだ、彼は今世では近衛騎士だった。

なのに私はバルトロマイが参加することなど、まったく考えていなかったのだ。

悪目立ちするような恰好をしているので、もしかしたら彼にバレてしまう可能性がある。

それだけは避けたかった。

「ジュリエッタ、もしも今日、最後まで勝利できたら、結(けっ)こ――」

「ちょっとごめんあそばせ!!」

両親に二階席にいるばあやと一緒に観てくると叫び、前に立ちはだかっていたイラーリオを押しのけると、一目散に走る。

イラーリオが私を追いかけてきていたようだが、従僕からもうすぐ出番だと引き留められていた。

二階席のばあやのもとまで一気に駆け、隣の席に座っていた侍女に代わりに一階席へ行くよう命じた。

「ジュリエッタお嬢様、どうかなさったのですか⁉」

「あ、あの、ばあやと、一緒に観たくなって」

「まあ！　なんて愛らしいことをおっしゃるのでしょうか！」

ばあや、ごめんなさい。

そう思いつつ、彼女の隣に腰かけたのだった。


多くの騎士達が入場し、最後に会場入りしたのは、教皇と皇帝であった。

当人同士は和やかな雰囲気だったものの、ふたりを取り巻く儀仗騎士と近衛騎士はバチバチと睨み合っているように見える。

百年経っても、双方の関係に変化がないのは嘆かわしいことだった。前世の私達の死も、さほど問題にならなかったのだろう。

「はあ」

「ジュリエッタお嬢様、大丈夫ですか？　具合が悪いようであれば、近くのお宿に部屋を用意しておりますので、休みに行くこともできますよ」

「ばあや、わたくしは平気ですわ」

ここに来た以上は、イラーリオの戦いを見守らないといけない。でないと、観ていなかっただろう、と難癖をつけてきそうだから。

第一試合が始まる前に、模擬戦が行われるようだ。

なんでも皇太子殿下の二十五歳の誕生日を祝う式典として行われるものらしい。

皇太子殿下が登場すると、会場が震えるほどの歓声が上がった。皇太子殿下は銀色の髪にアイスグリーンの瞳を持つ、精悍（せいかん）な青年である。

相手役として選ばれたのはバルトロマイだった。

審判の「開始‼」というかけ声と共に、馬の嘶（いなな）きが響き渡る。

こういうとき、臣下が遠慮し、王族に花を持たせるのが通例だ。

それなのに、双方、猛烈な突き合いを繰り返していた。

相手が皇太子殿下である以上、バルトロマイは本気を出せないだろう。

ただ、皇太子殿下もかなりの実力があるようで、手を抜いたらケガをしそうだ。

大丈夫なのか、とハラハラ見守っていたが、ばあやが耳打ちしてくれる。

「ジュリエッタお嬢様、あれは槍を打つ角度や回数が決まっておりまして、最後は必ず引き分けで終わるものなのです」

力比べの勝負というよりは、見世物に近い。そんな事情をばあやが教えてくれた。

「大昔、今の皇帝陛下が成人されたときに、同じような催しがあったのですよ」

「そうでしたのね。ハラハラして損をしました」

ただ、会場内の大半は、そんな事情なんて知らない。バルトロマイと皇太子殿下の打ち合いに熱狂し、楽しんでいる様子だった。

「ばあや、わたくし、やはりこの催しが好きではありません」

「まあ、そうですねえ。心から楽しめるものではないでしょう」

皇太子殿下とバルトロマイの戦いは、ばあやが言っていた通り引き分けで終わった。

去り際、バルトロマイは誰かを探していたのか、客席のほうを見上げているようだった。

カプレーティ家やモンテッキ家の者達というよりも、一般席のほうを気にしている。

誰か、知り合いでも招待したのだろうか――なんて気にしかけて、首をぶんぶんと横に振る。

まったく無関係の私が、バルトロマイの交友関係を気にするなんてありえない。

彼についてはは本当に忘れなければならないだろう。頭の隅にぐいぐいと追いやっておいた。

模擬戦が大盛況だった中で、第一試合が始まる。

カプレーティ家とモンテッキ家が許された、唯一の闘争の場とあって、会場は異様な盛り上がりを見せていた。

第五試合にイラーリオが登場すると、黄色い声援が響き渡る。

皇太子殿下が登場したときは、男性の声援も多かった。イラーリオは女性のみから熱い人気を集めているらしい。

「あらあら、イラーリオお坊ちゃんは女性に人気なんですねえ」

「見た目だけは貴公子のようですから」

そんな会話をしていたら、すでに馬上の人となった彼が振り返る。驚いたのは私ではなく、ばあやのほうだった。

「まるで、私どもの会話が聞こえたかのように、タイミングよく振り返りましたね」

「ばあや、偶然ですわ」

そうこう話しているうちに、試合開始となった。

いったいどれほどの実力の持ち主なのか、お手並み拝見である。

イラーリオは馬の尻を鞭(むち)で叩き、相手に突撃させる。

「競馬でないのだから、あのように馬を叩く必要はないと思うのですが……。ばあや、酷いと思いませんか？」

「勝つために、手段を選ばないのでしょう」

馬が勢いよく走ってくるものだから、相手は怯(ひる)んでしまう。

その隙に、イラーリオは槍を強くなぎ払って、相手を落馬させた。

ワッと歓声が上がる。イラーリオの勝利のようだ。

勝ったあとも、彼は私のほうを振り返った。

まるで犬が主人に褒めてほしくて、成果を主張する瞬間のように見えてしまった。

二階席に座っていた傍系のご令嬢方が、イラーリオが見たのは自分だ、と争い合っている。

ばあやがボソリ、と耳打ちした。

「イラーリオお坊ちゃんが見ていたのは、ジュリエッタお嬢様ですよね？」

「さあ、どうでしょう？」

彼が誰に視線を送っていたかなんて、まったく興味がなかった。

次の試合では、一般参加の騎士が不意に他の者達とは異なる動きを見せた。

それは握った拳を胸に当て、槍を高く上げる姿勢であった。

女性陣の色めき立つ声が、辺りから聞こえる。

「ばあや、あれはなんですの？」

「勝利を捧げる〝愛の誓い〟ですよ」

騎士が結婚を申し込むときや、妻や家族に愛する気持ちを伝えるときにするものだという。勝負に勝ったら、愛が本物だというわけだ。

その騎士は見事に勝ち、想いを寄せる女性の名を叫んでいた。

「リア・マセッティ、どうか私と結婚してください」

それを聞いてばあやが耳打ちしてくれる。

ここで立ち上がって手を振り返したら、晴れて両想いとなるわけだ。

リア・マセッティと呼ばれた女性はすぐに立ち上がり、手を振っていた。

会場内は温かい拍手に包まれる。

「馬上槍試合にはこういう場面もあるのですね」

「ええ、そうなんです。恋人や婚約者が参加する女性は、愛の告白があるのではないか、とドキドキしているそうですよ」

ご令嬢方が馬上槍試合を楽しみにしていた理由を、今になって知ったわけだ。

早く終わってくれ、と内心思っているところに、バルトロマイが登場した。

相手は一度勝ち抜いた、彼よりも体が大きなモンテッキ家の騎士である。

勝利を確信しているのか、その騎士も愛の誓いの恰好を取っていた。

客席にいる派手な出で立ちの女性が立ち上がって、ぶんぶんと手を振っている。

反応を返すには早すぎるのではないか。なんて思っていたら、彼女の髪を引っ張るご令嬢が現れた。ばあやは呆れきった様子で、今起こっていることを解説してくれる。

「ジュリエッタお嬢様、あの男、愛人と婚約者、両方を誘っていたようですね」

「まあ、なんて最低ですの」

先に立ったほうが愛人だと言う。愛の誓いのルールをいまいち理解していなかったのだろう。

モンテッキ家の騎士は試合開始が言い渡されるのと同時に、馬の腹を強く蹴る。

驚いた馬は突進するようにバルトロマイのほうへ向かっていく。

それに対し、バルトロマイは手綱を引いた。すると、馬は前足を大きく上げ、後ろ足だけで立つという恰好を見せる。

興奮し、突撃していた馬はその様子に驚いて、足を止めた。

バルトロマイは馬を走らせ、すれ違いざまに相手が握っていた槍を叩き落としていた。

言わずもがな、バルトロマイの勝利である。

愛の誓いは婚約者と愛人、どちらの女性にも捧げられることはなかった。婚約者のほうは泣き出し、愛人のほうは白けた表情で煙草を吸い始めている。

婚約者の父親らしき男性が、この結婚は破談だ！　と叫んでいた。

なんというか、身から出た錆、としか思わなかった。

一方、会場の空気は白けるどころか、バルトロマイの巧みな馬術で大いに盛り上がっているようだ。私も、勇敢な戦いっぷりを前に、うっとり見入ってしまった。

「ジュリエッタお嬢様、モンテッキ家の嫡男の馬術、敵ながらすばらしいものでしたね。馬が跳び上がって後ろ足だけで立つ体勢なんて、初めて見ましたよお」

「ええ。あれは〝クールベット〟というポーズで、とても難易度が高いと聞きました」

「やっぱり、そうなんですね～」

その後もバルトロマイとイラーリオは順調に勝ち進み、想定もしていなかった状況となる。

最終試合は、彼らふたりの戦いだったのだ。

モンテッキ家の猛犬と、カプレーティ家の狂犬の戦いである。

ふたりともここまで勝ち進んできた騎士なので、皆の期待を一身に背負っているようだった。

「ジュリエッタお嬢様、イラーリオお坊ちゃんとバルトロマイが戦うのですって。どっちが勝つと思いますか？」

「それは――どうでしょう？　戦ってみないとわかりませんわ」

なんて答えたものの、十中八九、バルトロマイが勝つに決まっている。

たった三年だけ、教皇庁で修業を積んだ元チンピラのイラーリオに負けるはずがないのだ。

心の中でバルトロマイに、手加減なんてせずに早く終わらせてくれ、と訴えながら見つめる。

そんな彼が、予想外の行動に出た。

拳を握った手を胸に当てて、槍を掲げる。

「あれは――愛の誓い⁉」

ぎょっとして、思わず口にしてしまう。

バルトロマイはこの会場に、愛の告白をしたい相手がいるようだ。

胃の辺りがスーッと冷え込むような、不快とも不安とも言い難い複雑な感情に襲われる。

私の心模様を示すように、天気が悪くなってきた。

先ほどまで晴天だったが、いつの間にか曇天が広がっている。

この気持ちはいったい――？

そんな心の声に応えたのは、額から角を生やした黒ウサギである。

『ふははははは！　まるで茶番だなあ、ジュリエッタ』

私の膝の上に、カプレーティ家の悪魔、アヴァリツィアが現れる。すぐに手で払おうとしたが、回避されてしまった。

「ジュリエッタお嬢様、どうかなさいましたか？」

「あ――ゴミが、スカートに付いていたようで」

「まあ、そうでしたか。そういうときは、自分で払わず、このばあやに知らせてくださいな」

「あ、ありがとう。次からそうするわ」

アヴァリツィアは前の席に座る紳士の頭に座っていた。

私とばあやの会話をケタケタと嘲笑っているようだった。

悪魔の姿は私にしか見えない。そのため、言動には気を付けないといけない。

『お前、やっぱりあの男が〝欲しい〟んだな⁉』

何を言っているのか。私は彼が幸せになることだけを望んでいる。前世のように、両想いになろうとは考えていなかった。

そんな私の心の声を察してか、アヴァリツィアは続ける。

『だったら、どうして奴が愛の誓いをした瞬間、酷く傷ついた表情を浮かべたんだ？　あの男にお前以外の想い人ができたというのは、幸せへの第一歩のはずだったのに』

そうだ。アヴァリツィアの言う通りである。

私は彼の幸せを願いながら、自分も彼と幸せになりたい、と心のどこかで思っていたのだろう。

だから、バルトロマイに想い人がいると知って、ショックを受けたのだ。

バルトロマイの幸せだけでなく、心の奥底では彼の愛も欲していたなんて――。

「なんて強欲なの」

私のその一言は、歓声にかき消される。

何が起こったのかと顔を上げたら、イラーリオが胸に拳を当てて、槍を突き出す恰好を見せているところだった。

「イラーリオまで、愛の誓いを⁉」

それはすなわち、互いに勝つと宣戦布告したようなものだ。

イラーリオのことだ。バルトロマイの行動を見て、逆上して行ったに違いない。

「いったい、なんてことをしてくれましたの？」

イラーリオに物申したくなった瞬間、彼が振り返る。

槍を私のほうへ向けて、口をパクパク動かす。

読唇術は心得ていないのだが、なぜか「待ってろ」と伝えようとしているのがわかってしまった。

まさかイラーリオは、私に結婚を申し込むつもりなのか。

彼が勝つなんてありえないが、私に求婚しようと考えていること自体もっとありえない。

互いに兜を被り、戦闘開始の合図が告げられる。

戦い始めた瞬間から、私はある違和感を覚えた。

黒い鎧をまとうイラーリオの姿が、ぶれて見えるときがあった。

目がおかしいのか、と目を擦ってみるも、状況は変わらない。

バルトロマイとイラーリオは、激しく打ち合っていた。

「な、なんですの⁉」

何かがおかしい。

それに、バルトロマイの実力であれば、すでに勝っているはずだ。

それなのに、イラーリオ相手に少し苦戦しているように思える。

よくよく目を凝らしてみたら、イラーリオが黒い靄らしきものを従えているようにも見えた。

「あれはいったい――――？」

『お前、ア、ア、アレが見えるのか？』

「え、ええ」

何が面白いのか、まったく理解できない。それよりも、あの靄の正体を教えてほしかった。

『これは傑作だな！』

『アレは、〝カプレーティ家の悪魔〟だ』

「なっ⁉」

アヴァリツィアが耳元で囁いたので、慌てて身を引く。

幸い、ばあやは試合に夢中で私の反応に気付いていなかった。

それはともかく、イラーリオにカプレーティ家の悪魔が取り憑いているって⁉

そのことを意識した途端、イラーリオの周囲に蛇のような黒い悪魔の姿が見えた。

アヴァリツィアと同じように、額から角を生やしている。

まさか、悪魔の力を使って、イラーリオはバルトロマイと互角に戦っているというのか？

「いいえ、互角ではない⁉」

私の悲鳴のような声は、会場の盛り上がりにかき消される。

悪魔の目が赤く光った瞬間、イラーリオがバルトロマイを圧倒し始めたのだ。

こんなのはありえない。

あの動きは悪魔のおかげであって、イラーリオ自身の実力ではないだろう。

加えて、会場は異様な熱気に包まれている。

ゾッとしてしまうほど、皆が皆、我を忘れたように声をあげていた。

『ジュリエッタ、これが悪魔の能力なんだ。人々の負の感情を得て、契約した者に力を与える。それにより、悪魔は多くの力を得るんだ！　だからお前も、俺に願え！　〝強欲〟の力をもって、バルトロマイ・モンテッキを勝たせたい、と』

このままでは、バルトロマイは倒されてしまう。

バルトロマイは幼少期より、厳しい訓練を受けて騎士になった。そんな彼が、イラーリオに負けたら、彼の自尊心が傷ついてしまうだろう。

『ジュリエッタ、願え。欲望が赴くままに、強欲に――』

私は立ち上がり、バルトロマイの馬が一歩後退したのを見た瞬間、思いっきり叫んだ。

「バルトロマイ様、頑張ってくださいませ――!!!!」

生まれてこの方、こんな大声など出したことはない。そう思うくらいの声量で叫んだ。

悪魔が取り憑いたイラーリオに圧されていたバルトロマイは、我に返ったようにハッとなる。

一瞬、私のほうを見た。が、イラーリオの鋭い一撃が眉間に向かって突き出される。

危ない！

そう思った瞬間、バルトロマイは体を反らして攻撃を回避。

身を翻しながら突き出された槍に重たい一撃を返し、イラーリオの均衡を崩す。一瞬の隙を見逃さず、上から勢いよく己の槍を振り下ろした。

イラーリオの傾いていた肩への一撃が、決定打となるはずだった。

ゴロゴロと雨雲が鳴り、ピカッと稲光が走る。次の瞬間、どん!! と大きな音を立てて雷が落ちた。

人々の悲鳴が響き渡るのと同時に、滝のような雨が降り始めた。

審判が戦闘の中断を言い渡し、これ以上の戦闘行為は禁じられる。

雷は円形競技場の近くに落ちたようだ。

馬上槍試合自体もお開きとなるようで、解散が言い渡される。

「ジュリエッタお嬢様、馬車へ急ぎましょう」

「え、ええ」

宿に泊まってから帰るか、と聞かれたが、これ以上ここに留まりたくない。このままカプレーティ家に戻るよう御者へ命令しておく。

「ジュリエッタお嬢様、お寒くないですか?」

「ええ、平気ですわ。わたくしよりも、ばあやが心配なくらいで」

「私は頑丈なので大丈夫ですよお」

そうは言っても、ばあやはもう六十歳である。無理はよくない。

馬車に積んであった毛布を私の肩にかけてくれたが、ふたりで暖まったほうがいい。ばあやにもかけてあげた。

「それにしても、大変な戦闘でしたね。あのイラーリオお坊ちゃんが、まさかモンテッキ家の嫡男といい戦いをするなんて」

「……」

冷たい雨に濡れたからか、それともイラーリオの悪魔について思い出したからか、体の震えが止まらない。

「ジュリエッタお嬢様、やっぱり寒いのですね！」

「ばあやが温かいから、もうすぐ体も平気になるはず」

「お屋敷まで、もう少しですので、耐えてくださいね」

「ええ、ありがとう」

悪魔について考えたいのに、動揺しているからか頭の中がぐちゃぐちゃだった。

私に取り憑いているアヴァリツィアは、いつの間にか姿を消している。

本当に勝手で気まぐれな悪魔なのだ。

◇◇◇

雨に濡れたからか、私はまたしても風邪を引いてしまった。

熱が下がらず、三日間も寝込んでしまう。

私が臥せっている間も雨が降り止まなかったらしく、今年の馬上槍試合は中止となったようだ。

雷が落ちる前、明らかにバルトロマイは勝利間近だった。その後、雨さえ降らなければ、確実に彼が勝っていただろう。

侍女が持ってきてくれた新聞には、カプレーティ家とモンテッキ家の新星が互角の戦いをした、と報じられてあった。

イラーリオは自らの実力ではなく、悪魔の能力を借りた結果だったというのに。悔しい気持ちがこみ上げてくる。

それから三日、さらに療養し、屋敷の中であれば動き回る許可を得られた。

すぐさま私は、カプレーティ家の地下書庫へ向かう。

そこは古の時代から伝わる、悪魔の書物を集めた場所だ。

基本的に当主以外が立ち入ることなどできないが、今晩、両親は晩餐会で不在。

父の書庫にある隠し金庫から地下書庫の鍵を借り、使用人達の目を盗んで向かう。

ちなみに、隠し金庫の場所や暗証番号については、幼少期、酔っ払った父から教えてもらった。

まさか私があのときの秘密を今でも覚えているとは、父も思っていないだろう。

片手に角灯を持ち、地下書庫へ鍵を使って入る。

中はかび臭いと思いきや、思いのほか乾燥していた。ヒュウヒュウと風を感じる。おそらく、外に繋がる通気口が通っているのだろう。

内部はひんやりしていて、風の音が少し不気味だった。

カプレーティ家の悪魔について、私は多くの知識を持っていない。

子どもの頃〝カプレーティ家の者は他家にない大きな力を持っている〟という話をざっくり聞いていただけだった。

悪魔は気に入った一部の者に取り憑き、大いなる恩恵と引き換えに願いを叶えてくれる、という知識を有しているのは、当主をはじめとする一部の者だけらしい。

その情報を、私は知っていた。今世で誰かに聞いたわけではないので、前世から記憶していたものなのだろう。

けれどもそれをどこで見聞きした、というのは覚えていなかった。

まずはなぜ、カプレーティ家の者に悪魔が取り憑いているのか、ということを知りたい。

根気強く本を探したが、それらしきものはない。

悪魔召喚や悪魔との付き合い方など、悪魔を従える上で使えそうな書物しか見当たらなかった。

今日のところは仕方がない。また時間があるときに、ゆっくり探そう。

帰り際、出入り口の近くに木箱が重ねられているのに気付いた。

中に入っていたのは、瓶に入った乾燥コウモリやトカゲ、サソリなどの気味が悪いもの。

木箱の蓋には、父宛に届いたという伝票が貼ってあった。

これも、悪魔に関わりがある品なのか。念のため、ひとつ失敬する。

そろそろ両親が帰ってくる時間帯だろう。

地下書庫から脱出し、父の書庫へ鍵を返しておく。

『おいおい、泥棒はよくないなあ』

突然の声に驚きつつも、こうして唐突に現れるのはアヴァリツィアしかいないと気付いた。

振り返った先にいたのは、予想通り角を生やした黒ウサギの悪魔である。

ちょうどよかったと思い、アヴァリツィアの首根っこを摑んだ。

『ぎゃっ‼　な、何をするんだ‼　俺の首回りの皮膚は繊細なのに！』

「繊細ですって？　たぷんたぷんに肉を蓄えておきながら、何をおっしゃっているのだか」

『たぷんたぷんではな――――い！』

「静かに！」

そのままアヴァリツィアを部屋に連れ込み、鳥かごの中に閉じ込めておいた。

それは悪魔が嫌う聖樹で作られた鳥かごで、何かあったら彼を閉じ込めようと購入しておいたのだ。アヴァリツィアは体当たりしたり、黒い靄のような姿になったりして、脱出を試みていたようだが、鳥かごに触れただけで『ぎゃあ‼』と悲鳴をあげていた。

さすが、高価だっただけある。悪魔に対し、確かな効果を発揮しているようだった。

『俺を閉じ込めて、取って食うつもりだろうが！』

「あなたは食べてもおいしくなさそうなので、お断りします」

『なんだと⁉』

鍋で煮込んだら、灰汁が一生溢れ出てきそうだ――なんて言うと、アヴァリツィアは悔しかったのか、『おいこら！　一回俺を食ってみろよ！　うまいかもしれないだろうが！』などと意味不明なことを叫んでいた。

怒りが収まらないのか、ジタバタ暴れ続けるアヴァリツィアに、取り引きを持ちかける。

「あなたがわたくしの質問に答えてくれるのであれば、こちらを差し上げます」

それは、瓶に入った干からびたコウモリである。地下書庫にあった木箱に入っていたものを、ひとつ失敬したのだ。

なんとなく、悪魔に与えるために買っているのだろうな、と推測していた。

コウモリを目にした瞬間、アヴァリツィアの瞳がキラリと光る。

『おお、うまそうなコウモリだな！』

「あなた達悪魔は、こういったものが主食ですの？」

『いや、これは珍味みたいなもんだな。別腹だ』

「では、主食はどんなものですの？」

『それは、人間から生み出される、負の感情だ』

悪魔は人の負の感情を取り込んで力を得て、さらに強くなる。

何やら興味深い話であった。

『おい、質問に答えたんだから、それを早く俺によこせ！』

「質問にすべて答えてくれたら、差し上げます」

『なっ⁉　今のが質問じゃなかったのか？』

「違います」

『嘘吐き！　悪魔！』

「悪魔はあなたでしょうが」

ひとまず、もっとも知りたかった質問をしてみた。

「アヴァリツィア、なぜ、あなた方悪魔はカプレーティ家の者に取り憑いているのですか？」

『それは、お前らが弱い立場だからだ』

「弱い、というのは、具体的にはどういった意味ですの？」

『そのままの意味だ。昔はモンテッキ家に相手にされないくらい、弱っちかったんだよ』

「なるほど」

たしかに、皇帝派であるモンテッキ家に比べれば、教皇派であるカプレーティ家は今も勢力が弱く、財力も劣っている。

前世でも支援と引き換えに皇帝の甥と私を結婚させ、家を建て直そうとしていたくらいだ。

百年経って、カプレーティ家は以前よりも貧乏でなくなっていたが、それでもモンテッキ家に比べるとつつましい暮らしを送っているだろう。

モンテッキ家に勝つために、カプレーティ家は悪魔の力を得たというのか。

神を信仰し、人々に安寧をもたらす教皇を支持しているというのに、悪魔と手を組むとは、なかなか邪悪な手段だ。教皇庁にこのことが露見したら、一家凋落だけでは済まないだろう。

「悪魔は七体いるようだけれど、イラーリオとわたくし以外に誰に取り憑いているの？」

『知らん』

「知らないって、どうして？」

『悪魔は個人主義だからだ。他の悪魔が誰に取り憑いているとか、これっぽっちも興味ないんだよ』

「そんな……」

誰に取り憑いているかわからないとアヴァリッツィアは言うが、父には何かしらの悪魔が取り憑いていることは間違いないだろう。

『もういいだろう？　そのコウモリを寄越しやがれ！』

「あとひとつだけ、質問したいのですが」

『はあ!?　なんだよ、それ！　もうたくさん答えてやっただろうが！』

「答えていただけたら、その鳥かごから出して差し上げますので」

『最後だからな！』

「ありがとうございます」

それは気になったことというか、引っかかったことである。

「先日、馬上槍試合のときに、やたらわたくしに強欲、強欲とおっしゃっていましたが、もしや、あなたは〝強欲の悪魔〟なのですか？」

そう問いかけると、アヴァリッツィアに変化が現れる。

首回りに黒い靄が生じ、くるくると巻きついて首輪のようなものが装着された。

『うが――――！　お前、余計なことに気付きやがったな！』

「アヴァリッツィア、その首輪はなんですの？」

『服従の首輪だ！　取り憑いた者が悪魔の正体を見破ったら、逆らえなくなるんだ！』

「まあ、そうでしたのね」

なんでもアヴァリッツィアは強欲をもっとも好物とする悪魔で、取り憑いた人間が欲に囚(とら)われれば囚われるほど強くなれるようだ。

馬上槍試合のときは、周囲の空気に呑まれ、無意識のうちに正体を口にしていたらしい。

『お前を騙して、強力な悪魔になってやろうと思っていたのに！』

「それはそれは、がっかりですわね」

『本当に‼』

気の毒なアヴァリツィアにコウモリをあげると、瓶から取り出し、バリボリと食べていた。

『くそ、コウモリの滋味が、弱った体に染みるぜ』

気の毒になったので、鳥かごから出してあげる。アヴァリツィアはさほど抵抗せず、カーペットの上に蹲（うずくま）っていた。

「アヴァリツィア、あなた達悪魔がカプレーティ家の者に取り憑く基準、というのはどんなものですの？」

『欲深い、愚かな人間だ。そういうのは、だいたい魂を見ればわかる』

たしかに私は前世で、何もかも投げ出し、元夫と駆け落ちした。

そのため、悪魔が引き寄せられるような魂に見えたのだろう。

「そういえば、あなたが取り憑いているのに、お父様から何も言われたことがないのですが、見て見ぬ振りをなさっているの？」

『それはないな。他の人間には、自分自身に取り憑いている悪魔以外は見えていないはずだから』

「なっ、そう、ですの？」

『ああ、間違いないだろう。だから俺も驚いたぜ。お前が他の悪魔が見えるって言ったときは』

そういえばアヴァリツィアは私の反応を見て、傑作だと言って笑っていたような気がする。

「なぜ、わたくしにだけ、悪魔が見えるのでしょうか？」

『とんでもない大悪魔の〝えこひいき〟でもあるのかもしれないな』

「なっ――じょ、冗談でも、そのようなことは言わないでくださいませ！」

アヴァリツィアは服従状態になったからか、対価がなくとも質問に答えてくれるようになった。

信用はまったくしていないが、利用価値はあるだろう。

「あなた、これからわたくしが喚んだら、姿を現してくれますの？」

『まあ、そうだな。逆らえないから』

「でしたら、これからよろしくお願いします」

『迷惑でしかないのだが』

アヴァリツィアはそうぼやいたあと、靄のような姿となって闇に溶けていった。

「――ふう」

ひとまず、この先避けなければならない相手が、バルトロマイの他にイラーリオも追加された。

悪魔が取り憑いている以上、どんな行動に出るかわからないので、警戒するに越したことはない。

修道院へ身を寄せる計画も、どんどん進めていかなければならないだろう。両親の顔色を窺っている場合ではない。まずは一度院長に相談したいが、その前にル・バル・デ・デビュタントに参加しなければならなかった。

会場にバルトロマイはいないだろうが、イラーリオは確実にいるだろう。

父にエスコートしてもらうと言った以上、当日の目印を宣言しているようなものなのだ。すぐに見つかってしまう。

どうやって、彼から逃れたらいいものか。

頭がズキズキと痛くなるような問題であった。

第二章　モンテッキ家嫡男との再会

悪魔というのは人々を誑かし、道徳心を失わせ、俗悪の道へと誘う悪しき存在――。

「う――ん」

街の図書館で悪魔に関する本を読んでみたのだが、どれも書かれてあることは同じ。

悪魔という存在は正しく生きる者を堕落させる、としか書かれていないのだ。

まるで悪魔に関しての情報を隠しているのではないか、と疑ってしまうくらいである。

きっと誰かが知識が広まらないよう規制しているのだ。

けれどもなぜか、私は悪魔について〝知って〟いる。

どこで得た知識なのかは、記憶になかった。

前世については、すべてがすべて覚えているわけではないらしい。

思い返してみると、元夫についての記憶はたっぷりあるのに、イラーリオの前世は〝意地悪な従兄がいて、元夫に殺されてしまった〟としか覚えていない。

私にはどうして悪魔の知識があるのか。それが重要な部分なのだが……。

世の人々の認識として、悪魔は総じて恐ろしく、あくどい存在である、と多くの書物に書かれていた。

具体的に何をして、どういった悪影響を及ぼすのか、というのはまったく書かれていない。

正体の隠匿が、悪魔への恐怖に繋がるとでも思っているのだろうか。

わからない。

悪魔とひとまとめにされているが、彼らにはそれぞれ特性がある。

それらを説明するには、まず人々の罪について知らなければならない。

この世には七つの大罪が存在する。

ひとつは〝傲慢〟。

ひとつは〝強欲〟。

ひとつは〝嫉妬〟。

ひとつは〝憤怒〟。

ひとつは〝色欲〟。

ひとつは〝暴食〟。

ひとつは〝怠惰〟。

そして同時に、人々が抱くそれらの七つの罪を好物とする悪魔が存在するのだ。

人々が罪を抱えて生きるから、悪魔が生まれてしまったのか。

悪魔がいるから、人々は罪を覚えてしまったのか。

それは卵が先か、鶏が先か、というのと同様に、正解が出ないジレンマに陥ってしまう問題だ。

答えが出ぬまま、人と悪魔は共存し続けるのだ。

実家の権力を使って図書館の禁書室にある悪魔に関する書物を調べたが、結果は同じ。閲覧が禁止されているような本でも、悪魔に関してはふんわりとした情報しか書かれていなかった。

図書館から出て、侍女と共に喫茶店に立ち寄る。

珈琲と一緒に蜜を絡めた揚げ菓子、ストゥルッフォリを食べていたら、思いがけない人物と窓ガラス越しに目が合ってしまう。

「――あ」

輝く金色の髪に、カプレーティ家の象徴とも言える青い瞳を持つ美貌の青年。

その青年――イラーリオは私を見るなり、目を見開く。

すぐにいなくなってホッとしていたら、店内に現れたので驚いた。

「ジュリエッタ、どうしてこんなところをほっつき歩いているんだ!」

「どうしてって、そんなのわたくし個人の勝手でしょう」

「しかし、三日前に見舞いに行ったときは、まだ具合が悪いと言っていただろうが!」

それは、適当な理由を付けて、イラーリオを遠ざけただけである。

三日前であれば、すっかり元気だったのだ。

「わたくしはこの通り、風邪は完治しましたの。どうかご心配なく。それでは、ごきげんよう」

手を振って別れの挨拶を口にしたのに、イラーリオは私の目の前に座っていた侍女に別の席で待つようにと命じていた。

心付け（チップ）を握らせたからか、侍女は快く応じたようだ。

内心裏切り者、と思いつつも、感情は表に出さないように努める。

「それで、なんの用事ですの？」

「いや、なんのって、具合はどうかと思って」

「ご覧の通り、今はもう平気ですわ。もともと、少し北風に吹かれただけで風邪を引いてしまうほど、病弱なだけですので」

「だったら、雨に降られて、大変だったんじゃないのか？」

「ええ、あなたが馬上槍試合になんか招待してくれたおかげで、寝込んでしまいましたから」

「そ、それは、俺ではなく、雨が悪い――」

「いいえ。わたくしを脅してまで無理に招待した、あなたのせいです」

珍しくイラーリオは顔を俯（うつむ）かせ、悔しそうに拳を握っていた。

イラーリオを言い負かしたからか、いつの間にかアヴァリツィアが登場し、『やれー！　こてんぱんにしろー！』と声援を送ってくる。

「そういえば、ジュリエッタ、お前、馬上槍試合の日……」

「なんですの？」

イラーリオは眉間に皺を刻み、苦虫を噛（か）み潰したような表情を浮かべる。

「お話は以上のようですので、ここで失礼いたしますわ」

「待て。見舞いの品を――」

「でしたら、ここの支払いをお願いします」

そんな言葉を残し、踵を返す。馬車に乗りこみ、あとに続いてきた侍女に、ひとりになりたいから、と言って金貨を握らせると、扉を閉めて馬車を走らせる。

イラーリオが追いかけてこなかったので、ホッと胸をなで下ろした。

座席にできた影から、アヴァリツィアがぬっと顔を出す。

『お前、酷い奴だな。侍女を置き去りにするなんて』

「帰りの運賃は渡しておいたので、自分で帰ってこられますわ」

侍女はあっさりイラーリオに買収されてしまった。

付き人の選定をもっと慎重にしなければならない。

ばあやが適任だが、高齢なのであまり連れ回すわけにはいかない。

使用人の忠誠心はポッと生まれるものではない。長年かけて、信頼関係を築いていかなければならないのだ。

長年ばあやとばかりベタベタしていたツケが、今回ってきたというわけである。

「それにしても、こんなところでイラーリオに会ってしまうなんて」

『お前もついていないなー』

「本当に」

今日、イラーリオの悪魔は見えなかった。きっと、感情を高ぶらせたときのみ、現れるのだろう。

「そういえば、誰かに取り憑いている悪魔でも、正体を見抜いたら服従できますの？」

『ああ、できるぜ！　ただ、失敗したら、逆に支配されるから、見破るときは気を付けろよ』

「な、なんですって⁉」

悪魔の正体を見破ることに、そのようなリスクがあるなんて知らなかった。

アヴァリツィアの正体について勘づいた私は、単に運がよかったのだろう。

「自分がなんの悪魔なのか、軽率に口にするまぬけな悪魔なんて他にいないでしょうから、気を付けなければなりませんね」

『そうだ、そうだ——って、今俺の悪口を言わなかったか？』

「気のせいですわ」

『だったらいいが』

アヴァリツィアがバカで本当によかった、と心から思ってしまった。

ついに、ル・バル・デ・デビュタント当日を迎えてしまった。
今回は純白のドレスなので、一見しただけでは私がカプレーティ家の娘だとわからない。
それに壁のほうで大人しくしていたら、モンテッキ家のご令嬢方にケンカを売られることもないだろう。
総レースの美しいドレスに、ダイヤモンドのティアラ、季節外れの薔薇（ばら）の花束に、真珠がちりばめられた靴――全身で総額いくらなのか、考えたくもない。

カプレーティ家はそこまで裕福ではないのに、父が奮発したのだろう。

両親は私を見るなり、瞳を潤ませながら喜んでいた。

「ああ、ジュリエッタ、なんてきれいなんだ！」

「まるで社交界に舞い降りた、白薔薇の妖精のようです」

「あ、ありがとうございます」

今日という日が憂鬱でしかなかったが、両親の喜ぶ表情を見ることができただけでもよしとする。

馬車に乗りこみ、ル・バル・デ・デビュタントの会場である皇帝の宮殿へ向かった。

まず行うのは、皇帝への初拝謁である。

母と共に、皇帝の応接間へ向かった。

そこは螺旋(らせん)階段を上がった先にあるようで、ズラリと長蛇の列ができていた。

そこに並ぶ社交界デビューを果たす娘達は、緊張の面持ちを見せていた。

そこまで緊張していない私を、母は励ましてくれる。

「ジュリエッタ、心配はいらないですよ。カプレーティ家の娘が、ル・バル・デ・デビュタントの場で軽んじられるようなことはありませんから」

「お母様、ありがとうございます」

待つこと一時間ほど。やっとのことで、出番が回ってくる。

母が王室長官に書類を提出すると、騎士の手によって応接間の扉が開かれた。

皇帝は白髪交じりの初老の男性で、威厳たっぷりの目で私を見つめている。

深々と頭を下げ、ドレスを摘(つま)んで膝を曲げる。こうして平伏の姿勢を取るのだ。その間に、王室長官より紹介があった。

「こちらはカプレーティ公爵の娘、ジュリエッタでございます」

背後にいる母も、同じように頭を下げていることだろう。

「頭を上げよ」

その言葉で、皇帝と目と目を合わせることを許される。

手にしていた皇笏(セプター)で肩をぽんぽんと叩かれた。一種の儀式のようなものだ。令嬢(レディ)として認められたようで、ホッと胸をなで下ろす。

その後、下がるように言われる。じりじりと後退し、応接間から去るのがお決まりだ。

出口から出て、扉がぱたんと閉められると、大きなため息が零れる。

緊張していないつもりだったが、皇帝を前にした途端、冷や汗が止まらなかった。

さすが、帝国の主(あるじ)と言うべきなのか。前世で同じことを経験していたからといって、慣れるものでもないのだろう。

「ジュリエッタ、よくやりました。あなたは母の誇りです」

「お母様、これまで育ててくださって、ありがとうございます」

母と抱き合い、初拝謁を無事に終えた喜びを分かち合った。

父と合流し、ル・バル・デ・デビュタントの舞踏会へと参加する。

「カプレーティ公爵及び公爵夫人、公爵令嬢ジュリエッタ様のご入場です」

父の腕を借り、入場する。人々の注目を一身に浴びて、居心地が悪かった。

それからあっという間に囲まれてしまい、矢継ぎ早に挨拶を受けていく。

父や母は慣れているようで、にこやかに応じていた。私は顔が引きつっていなければいいな、と思いつつ言葉を返す。

人が途切れたタイミングで、両親に物申した。

「あの、少し疲れてしまったので、休憩したいのですが」

「だったら、カプレーティ家のために用意された部屋で休んでくるといい」

母が案内すると言ったものの、メイドに聞けばわかるという話なので断った。

時間が経つにつれて、会場内は社交界デビューの娘達で溢れかえる。

皆、希望を胸に瞳を輝かせていた。

どこかで見初められるかも、という期待もあるのかもしれない。

そんな中で、私はひとり死んだ魚のような瞳でいることだろう。

今はひたすら、イラーリオに見つからないよう、足早に会場をあとにしようとしていた。

誰も引き留めないでほしい。

そう願っていたのに、私の名を口にしつつ腕を強く摑む者が現れた。

「ジュリエッタ‼」

ぐっと強く腕を握った者を振り返る。

儀仗騎士の青い正装に身を包んだ、イラーリオだった。

「……なんですの？」

「伯父上と伯母上から離れるのを、待っていた」

「どうして？」

「ここ最近、ジュリエッタに近付かないよう言われていたから」

彼は私に会うため、何度も訪問していた。けれどもさまざまな理由を付けて断っていたため、父は何かを察し「もう来ないでくれ」と言っていたようだ。

「どこか別の部屋で、ゆっくり話そう」

「あなたとお話しすることなど、ありませんわ」

「いいから来いよ」

「い、嫌です！　離してください！」

強引に腕を引くので、裾を踏みつけて転びそうになる。ぐらり、と体が大きく傾いた。

「きゃっ！」

こうなったらイラーリオの髪でも摑んで、派手に転倒してやろう。なんて考えていたのに、私の腰を抱いて受け止めてくれる人がいた。

「⁉」

さらに、イラーリオに掴まれていた手も払ってくれる。

いったい誰が、と思って見上げたら、真っ赤な瞳と目が合ってしまった。

「あ、あなたは――」

バルトロマイ・モンテッキ。

護衛任務以外で、公式行事に一度も顔を出したことがないという噂の彼だった。

なぜ、彼がここに⁉　そして、どうして私を助けてくれたのか。

至近距離にいるからだろうか。じっと見つめられ、吸い込まれそうになる。

長年避け続けてきたバルトロマイを前に、逃げなければならない、とわかっていても、足が竦んで動かなかった。

彼の赤い瞳に、囚われてしまう。

荊(いばら)の蔓(つる)に抱かれているような、強い視線だった。

「おい、お前、ジュリエッタを離せ‼　何をそんなに見つめ合っているんだ‼」

イラーリオの声で、ハッと我に返る。

おそらく数秒、視線が交わっていただけだが、それが彼には気に食わなかったのだろう。

ものすごい剣幕でこちらに迫ってくる。

「ジュリエッタ、こっちに来い‼」

イラーリオが腕を伸ばしたが、バルトロマイは私の手を優しく握って引き寄せ、庇うように背後に回してくれた。

　なぜか手を繫いだまま、バルトロマイは話を続ける。

「お前、なぜ邪魔をする⁉」

「彼女が嫌がっていた。そうだろう？」

　バルトロマイが私を振り返り、落ち着いた声で問いかけてくる。

　彼の背中から僅かに顔を覗かせ、イラーリオに聞こえるように答えた。

「ええ、嫌です」

「嫌って——いいや、ジュリエッタ、その男がどこのどいつか、わかっているのか？」

　再度、バルトロマイが振り返る。

　眉尻を下げ、少し困った表情を浮かべていた。

　イラーリオ相手には毅然としていて、堂々とした態度なのに、私を見る目は雨の日に捨てられた子犬のようだった。

　思わず笑ってしまいそうになるのを堪えつつ、私は言葉を返す。

「困っているところを助けていただいたお方です。恩人ですわ」

「お前、そいつは、その男は、バルトロマイ・モンテッキだぞ？」

「ええ。馬上槍試合で拝見しましたから、存じております」

「お前達、やっぱり繫がっていたのか⁉」

「何をおっしゃっていますの？」

そう問いかけた瞬間、体がふわりと浮く。バルトロマイが私を抱き上げたのだ。

「なっ――――え⁉」

「顔色が悪い。医務室に行ったほうがいいだろう。カプレーティ卿、失礼する」

バルトロマイはそう宣言し、人込みを避けてずんずん歩いて行く。

「おい、待て！　お前、こら！」

イラーリオは人の波に呑まれたようで、どんどん声が遠ざかっていく。

会場から出ると、ホッと安堵の息が零れた。

「すまない。迷惑だったな」

「迷惑だなんて、とんでもないです。その、とても助かりました」

思いのほか、バルトロマイの顔との距離が近かったので、今になって照れてしまう。

「余計なお節介だと思っていたのだが、よかった」

「ありがとうございます」

顔色が悪く見えたのは本当だったようで、医務室まで運んでくれた。

寝台の上に下ろしてもらったので、改めて感謝の言葉を伝える。

「本当に、感謝しております。なんとお礼を申し上げればよいか」

「だったら、また後日、会ってほしい」

「え⁉」

まさかの申し出に、跳び上がりそうになるほど驚いてしまう。

もしや、バルトロマイは私が誰だかわからずに、そんなことを言っているのだろうか。

だが家名を聞いたら、そんな考えも吹き飛ぶに違いない。

「あの、申し遅れました。わたくしは、ジュリエッタ・カプレーティと申しまして、その……」

「知ってる。瞳に持つ聡慧の青は、カプレーティ家の証だから」

どうやらバルトロマイは、私がカプレーティ家の娘だと知っていて助けてくれたようだ。

親族同士の面倒な問題だと思わなかったのだろうか。

いまいち、彼の考えていることがわからない。

「俺の名は、知っているようだな」

「ええ、まあ……」

「改めて名乗ろう。バルトロマイ・モンテッキだ」

バルトロマイはまっすぐな瞳で私を見つめている。

何かを探っているようにも思えたが、気のせいだろう。

「ジュリエッタ嬢」

「——っ‼」

名前を呼ばれただけなのに、心臓をぎゅっと鷲づかみされたように胸が跳ねる。

落ち着け、落ち着けと心の中で唱えても、心臓は早鐘を打っていて、まったく収まりそうにない。

そんな私の気持ちなんて知る由もなく、バルトロマイは話を続ける。

「三日後に、偽名で手紙を送るから、受け取ってほしい」

「あの、しかし」

「では、また今度会おう」

バルトロマイは一方的に宣言して、医務室から去ってしまった。

入れ替わるように看護師がやってきて、コルセットを緩めてくれる。

「しばらく休んだら、具合がよくなりますからね」

「ええ、ありがとうございます」

横になった途端、体が疲労感に襲われる。

これまで気を張っていたので、気付いていなかったのだろう。

瞼を閉じたら、あっという間に意識が遠のいていく。

目覚めたら、今日起きたことが夢でありますように、と願ってしまった。

◇◇◇

目を覚ますと、寝室の天幕が見えた。

ル・バル・デ・デビュタントに参加し、初拝謁を終えたあと、イラーリオに捕まりそうになった挙げ句、バルトロマイに助けてもらった――というのは夢だったようだ。

もう何日もバルトロマイに会って話をしていないので、心の奥底で彼を欲していたのかもしれない。このような夢をみてしまうなんて、私はなんて愚かなのか。

夜会に参加しないはずのバルトロマイが、ル・バル・デ・デビュタントの会場にいるわけがないのに。

ふと、傍に人の気配を感じた。枕元でまどろんでいるようなので、そっと触れてみる。

「ジュリエッタお嬢様!?」

「ばあや？」

「お、お加減は、いかがですか!?」

「平気よ。よく眠れたからか、気持ちがいいくらい」

「よ、よかった!!」

何がよかったのか、と首を傾げていたら、ばあやが廊下に向かって叫んでいた。

「ジュリエッタお嬢様がお目覚めになりました！　お医者様を呼んでくださいませ！」

「お医者様？」

ゆっくり起き上がろうとしたら、腕がズキッと痛む。包帯が巻かれていたので、不思議に思った。

「これは――？」

私の疑問に、ばあやが答えた。

「イラーリオお坊ちゃんが、強く握ってしまわれたので、痣が残っていたようです。ジュリエッタお嬢様の玉のような肌をこのような状態にするなんて、絶対に許せません！」

「イラーリオに、強く、握られた？」

「ええ。せっかくのル・バル・デ・デビュタントでしたのに、酷い目に遭いましたね」

ばあやの言葉を聞いて、頭を抱える。

「あのときイラーリオとケンカしたのは、夢ではありませんの⁉」

「ジュリエッタお嬢様、三日も寝込んでいて、混乱しているのかもしれませんね」

「三日も寝込んでいたですって⁉」

どうやら、夢だと思っていたことはすべて現実だったらしい。

医者の診断を受けたが、数日療養していれば心配いらないという。

置かれていた大量の薬を見て、うんざりしてしまった。

横になったものの、眠れそうにない。はてさてどうしようか、と考えていたところに、寝室に両親が駆けつけてきた。

「ああ、ジュリエッタ、目覚めたのだな」

「よかった！」

なんでも私はあのあと高熱を出し、屋敷へ運ばれたらしい。

それから三日間、意識が朦朧(もうろう)とした状態で過ごしていたようだ。

この病弱な体が憎い……。

ここ最近、特に酷くなっているような気がする。私の体はいったいどうしてしまったのか。

母は健康な体に産んでやれず申し訳ないと涙していたが、そんなことはない。

私の今の体調不良は、単なる不摂生が原因だろう。

父はイラーリオに対し、怒っていた。

「それにしてもイラーリオの奴、ジュリエッタにちょっかいを出すな、とあれほど言っていたのに」

「よほど、ジュリエッタのことが気になっていたのですね」

父は、私が熱を出したのは、イラーリオに絡まれたせいだと決めつけていた。

本人に抗議の手紙を送り、今後この屋敷及び私への接近は禁じたと言う。

「ジュリエッタ、これからは安心するといい。もしもイラーリオが付きまとうようならば、騎士隊に突き出すつもりだ」

「お父様、ありがとう」

母はイラーリオのことを気に入っていたようだが、今回の件で評価を変えたという。

「教皇庁に入って、心を入れ替えたと思っていたのですが……。人間はそう簡単に変わらないものなのですね」

イラーリオに関しては、心配しなくてもいいと励ましてくれた。

「それはそうと、ジュリエッタを医務室まで運んでくれた、親切な紳士について、何か聞いているだろうか？」

「お名前くらい、伺っておりますよね？」

「……」

私を医務室まで運んでくれた親切な紳士とは、バルトロマイのことである。おそらく外套(がいとう)か何かを着ていて、かつ頭巾を深く被っていたのだろう。看護師にはモンテッキ家を象徴する赤い瞳や服は見えていなかったと思われる。

彼がモンテッキ家の嫡男で、次期当主であると知ったら、両親はどんな反応を示すのだろうか。

感情が高ぶっている両親に、打ち明けられるわけもなかった。

「あの、意識が朦朧としておりまして、お名前など、聞き出せませんでしたわ」

「おお、そうだったのか。可哀想に」

「名乗らずに去っていかれたのですね。なんて奥ゆかしいお方なのでしょう」

父はにっこり微笑みながら、「恩人については、探しておくから安心してほしい」と言って去って行く。

母も「何も心配することはありませんからね」と言って私の頬を撫で、寝室から出て行った。

残ったばあやが、オートミール粥を食べさせてくれる。食後はリンゴを剝いてくれた。

「ばあや、ありがとう。もう下がってもよろしくってよ」

「今晩も、お傍にいようと思っていたのですが」

「先生のお薬を飲んだから大丈夫。ばあやはもう休んで」

「はあ」

去り際に、何か思い出したのか、ポンと手を打つ。

「ああ、そうだ。今日、ジュリエッタお嬢様にお手紙が届いていていたのです」

「わたくしに？」

ばあやが差し出してくれた手紙を受け取る。

差出人には、見覚えのないご令嬢の名が書かれていた。

そういえば、バルトロマイが偽名で手紙を送ると宣言していた。彼は本当に行動に移したようだ。

「ジュリエッタお嬢様、初めて見るお名前のようですが」

「え、ええ、そうですの。ル・バル・デ・デビュタントで知り合いになりまして」

「そうでしたか」

私が普段あまり友達付き合いをしないからか、ばあやは嬉しそうに頷いている。

騙してごめんなさい、と心の中で謝りつつ、感謝の気持ちを伝えた。

「ジュリエッタお嬢様、何かありましたら、このばあやを呼ぶのですよ」

「ありがとう」

ばあやが下がったあと、手紙を開封する。

便箋に書かれていたのは、バルトロマイの文字だった。

丁寧に書き綴られた文字は、前世とまったく同じである。懐かしい文字を前に、涙が滲んでしまった。

手紙に書かれてあったのは、私の容態を気遣う言葉と、元気になったら会って話をしたい、という要求だった。

なぜ、彼は私に会いたいと思ったのか。手紙でのやりとりで十分なのではないか。

もうバルトロマイとは会うべきではない。すでにそう決意している。

不義理を働くことになるが、会いたいという要求には応えられない。体調不良を理由に断ろうと思っていた。

ただ先ほど父が、恩人を探すと言っていた。私が行動を起こさなかったら、父がバルトロマイを探し当ててしまうかもしれない。

命の恩人がモンテッキ家の嫡男だと知ったら、母は倒れてしまうだろう。

そのような展開になるよりは、私が直接会ってお礼を言うほうがいい。

『お前は、なんだかんだと心の中で理由を付けて、あの男に会うつもりだな?』

耳元からアヴァリツィアの声が聞こえ、ぎょっとする。

いつの間にか私の肩に乗り、手紙を読んでいたようだ。

「あなたは、いつもそうやって突然現れて‼　心臓に悪いですわ‼」

『おお、おお、元気そうだな』

「おかげさまで!」

本当に嫌なタイミングで出てくるものだ。

肩から追い払うと、アヴァリツィアは寝台の上にぴょこんと着地した。

『それで、どうするんだ?』

「会います」

モンテッキ家とカプレーティ家、両家の諍いが起きないように、私が動く必要があるから。

きっとジュリエッタとして会うのはこれが最初で最後だろう。その一回で、彼との縁をきっちり断ち切るのだ。

『はてさて、上手くいくのかな？』

「わたくし、もう何年も彼との接触を避けていたんです。これでも、意志は強いほうですので！」

なんだか悔しいので、そう宣言しておく。

あれから何回かバルトロマイと手紙のやりとりを行い、会う日と場所が決まった。

指定されたのは、中央街にある〝にわか雨（アクアツイオーネ）〟という名の、路地裏にあるアトリエらしい。バルトロマイの知り合いが開いているらしく、少しの時間を私達の面会のために貸してくれるという。

手紙の差出人にある名前が、アトリエの持ち主のようだ。

バルトロマイから手紙が届くたびに、アヴァリツィアがからかってきたが、相手にしなかった。

彼と会う心の準備を、しっかり整えておく。

両親の訴えを聞き入れ、数日療養しているうちに、約束の日を迎える。

会うのは午後からなのだが、ドキドキしていた。

ばあやには、文通をしている友達と会う、と伝えている。念のため、アトリエの場所も教えておいた。

街までは侍女を連れて行く予定だ。ばあやは最近腰の調子が悪いらしく、連れて歩けないのだ。

「このばあやがあと十歳若ければ、ジュリエッタお嬢様のあとをどこへでも付いていくのですが」

「ばあやはもう、十分尽くしてくれたので、これ以上頑張らなくてもいいのですよ」

「ジュリエッタお嬢様、ありがとうございます」

私のために何かしたいと訴えるので、お菓子作りを手伝ってもらうことにした。

「お友達にお土産として、お菓子を作ろうと思っていますの。ばあやも少し手伝っていただける？」

「お任せください！」

ばあやはその昔、菓子職人に弟子入りしていて、カプレーティ家で働き始めたのも、お菓子メイドとしてだった。

フェニーチェ修道院へ持っていくお菓子も、ばあやに習ったものである。ばあやのレシピは子どもから大人にまで愛されるものばかりなのだ。

「ジュリエッタお嬢様、今日は何をお作りになるのですか？」

「アマレッティを作ろうと思いまして」

それは前世で、元夫が大好きだったお菓子である。前世でもばあやが、私に作り方を教えてくれたのだ。

「わかりました。では、始めましょうか」

「ええ、お願いね」

アマレッティはクッキーよりも軽い口当たりの、サクサクホロッとした食感のお菓子である。

ビターアーモンドパウダーを使うので、ほんのりビターな味わいに仕上がるのだ。

「私は卵白をホイップするので、ばあやはアーモンドパウダーを量ってくださる？」

「承知しました」

各々作業を分担し、次なる調理へ移った。

卵白を泡立てたものに、ビターアーモンドパウダー、スイートアーモンドパウダーと粉糖を加えてなめらかになるまでよく混ぜる。

その生地を、胡桃大に丸め、油を薄く塗った天板に並べていく。

これを、低温でじっくり焼いていくのだ。

三十分後――焼き加減をばあやに確認してもらう。

「ああ、いいですね。上手く焼けていますよ」

「よかった」

そんなわけで、元夫との思い出のお菓子、アマレッティの完成だ。

バルトロマイがお気に召してくれるかはわからないが、助けてくれたお礼として持って行こう。

粗熱が取れたアマレッティは缶に入れて蓋をし、ベルベットのリボンで結んでおく。

かわいらしく仕上がったのではないか、とひとり満足する。

「では、ジュリエッタお嬢様、身なりを整えましょうか」

「え、ええ、そうですわね」

目立たないように控えめなドレスを、と要望を出したら、ばあやはエクリュベージュのデイ・ドレスを選んでくれた。髪は結い上げ、ヒイラギの銀細工を差し込む。寒いだろうから、と綿入りの外套も用意してくれた。

約束の時間が近付いてきたので、侍女を伴って出発する。

中央街に辿（たど）り着くと、私は侍女に金貨を一枚握らせた。

「これで時間を潰してくださる？　好きな時間に帰宅していいから」

「承知しました」

口止め料を含んでいるので、少し多めに持たせた。

彼女は以前、運賃を渡して帰らせた侍女である。あの日は侍女の選定に失敗した、と思っていたものの、そうではなかった。彼女は本来口が堅いようで、お金さえ渡していれば、私が頼んだことは決して口外しない。使い勝手がいい侍女だったわけである。

侍女と別れた私は、指定されたアトリエ〝にわか雨（アクアツィオーネ）〟を目指す。

路地を入り込んだところにあったので、探すのに少し苦労してしまった。

看板も出ていないのだが、外に黒猫の置物が目印としてある、と書かれていたのでなんとかわかった。

大きな出窓があったものの、磨（す）りガラスになっていてアトリエの内部は見えない。

ドキドキしつつ、扉を叩く。すると、扉が勢いよく開かれた。

「わっ！」

「あ……」

こんなに早く出てくるとは思わなかったので、驚いてしまった。

中から顔を覗かせたバルトロマイは、申し訳なさそうに目を伏せる。

「すまない、人を迎えるのは初めてだったから……」

普段は使用人がしてくれることなので、勝手がわからなかったのだろう。

「ジュリエッタ嬢、わざわざ来てくれて、感謝する。中に入ってくれ」

「ええ。お邪魔します」

内部は絵の具の匂いが漂い、カンバスを立て掛ける画架（イーゼル）がたくさん並んでいる。額装された絵も壁際に立て掛けられていて、いかにもアトリエ、という雰囲気の部屋であった。

バルトロマイは窓際にあった、揺り椅子（ロッキングチェア）を勧めてくれた。

おそらく、休憩用に置かれているものなのだろう。

ゆっくり腰かけたのに、ゆらゆら揺れてしまう。少し笑いそうになったものの、なんとか耐えた。

部屋には無骨に積まれたレンガの暖炉があり、ヤカンがぶら下がっていて、湯が沸騰しているようだった。

「少し待っていてくれ。茶を用意するから」

「わたくしもお手伝いします」

「いや、いい！」

少し強い口調で止められる。遠慮ではないことは明らかなので、立ち上がったもののそのままとんと腰を下ろした。

「茶は自分で淹（い）れるようにしているんだ」

「そうでしたのね」

前世では私がお茶の淹れ方を元夫に教えたのだが、今世ではすでにお茶を淹れる方法を知っているらしい。

「せっかく申し出てくれたのに、すまない。以前、茶に毒を入れられて、死にそうになったことがあって」

「まあ！」

いったい誰に命を狙われているというのか。なんでも五年前の話だったと言う。

「ジュリエッタ嬢を疑っているわけではなくて、何かあったときに、茶は自分で淹れたと主張するために徹底している」

周囲の人達に疑いがいかないよう、厳しく自分を律しているのだろう。

バルトロマイは丁寧な手つきで茶器を扱い、きちんと蒸らしてからカップに紅茶を注いでいた。慣れた手つきで角砂糖を二個入れ、ミルクを少し垂らす。それを私に差し出そうとした瞬間、「あ！」と声をあげた。

「どうかなさったの？」

「いや、勝手に角砂糖とミルクを入れてしまったと思って」

「大丈夫ですわ。わたくし、いつも角砂糖がふたつと、ミルクを少しだけ入れますので」

「そうか」

これは果たして偶然なのか。前世の記憶を体が覚えていた――なんて解釈するのは、都合がよすぎるだろう。

一口飲んでみたが、とてもおいしい紅茶である。

前世で元夫が淹れてくれた紅茶の味は覚えていないので、残念ながら確信にはいたらなかった。

「もう、体の調子はいいのか？」

「はい、おかげさまで。あの日は本当に助かりました。心から感謝しています」

会話が途切れ、少し気まずくなる。

ここのオーナーもいると思っていたのに、バルトロマイしかいない。

思いがけず、ふたりっきりとなってしまった。

念のため、聞いてみる。

「あの、他の方はいらっしゃらないのでしょうか？」

「いない。ジュリエッタ嬢とゆっくり話をしたかったから」

これ以上、何を話すというのか。なんて考えていたら、彼が思いがけない質問を投げかけてくる。

「ひとつ聞きたい」

「なんでしょうか？」

「ジュリエッタ嬢は、〝ジル〟だろうか？」

〝ジル〟――その名は、シスターとして会ったときに名乗ったものであった。

どくん、と胸が大きく脈打つ。くらくらと目眩も覚えるが、ここで倒れるわけにはいかない。

バルトロマイは私がフェニーチェ修道院にいたシスター、ジルだと気付いている。

ここまで返答に時間をかけてしまったら、言い逃れなどできないだろう。

絞り出した言葉は肯定ではなく、彼への疑問だった。

「どうして、そう、思ったのですか？」

「信じられない話だと思うかもしれないが、俺は人が喋った言葉が目視でき、さらには色が付いたように見えるんだ」

「な、なんですの、その不思議な能力は？」

「俺もそう思う」

バルトロマイ曰く、人が言葉を発すると、文字が視界に浮かび上がって、数秒以内に消えるという。それだけではなく、人それぞれ文字の形や色が異なっているのがわかるようだ。

声量によって文字が大きくなったり、感情の揺れ動きに合わせて色の濃淡が変わったりと、ただ見えるだけではないと言う。

「ずっと、他の者達も同じように見えているものだと思い込んでいた。それが普通でないと気付いたのは、七歳のときの話だった」

家族に話してみたが、皆には見えないと言われ、ショックを受けたらしい。視覚異常なのではないかと言うので医者に診(み)せたところ、目は健康そのものだった。

医者のもとを転々としながら検査を繰り返すも、どこに行っても異常なしの診断が下るばかり。最後に行き着いた先は、神経科医のもとだったと言う。

「その医者は文字に色が付いて見える現象を、〝第六感〟ではないか、と話していた」

「第六感、ですか」

人は五感――視覚、嗅覚、触覚、味覚、聴覚を持って生まれる。

それ以外の、論理的ではない感覚を、第六感と呼んでいるようだ。

「話が戻るのだが、フェニーチェ修道院のジルの声は、深い海のような青で、文字は美しく、ジュリエッタ嬢が書く文字にそっくりだった」

バルトロマイは人の顔が見えずとも、第六感で私がジルだと気付いていたみたいだ。

「その文字というのは、話している相手だけのものが見えるのですか？」

「いいや、耳にする声すべてが見える」

ということは、人込みや街中では、とんでもない量の文字が見えることになる。さぞわずらわしいことだろう。

街中で見かけたバルトロマイが、酷く不機嫌そうに見えたのは、第六感のせいだったのだ。

きっと彼は、前世でもこの感覚を持っていたのだろう。元夫も夜会や観劇など、人の多い場所に行きたがらなかったから。そうとも知らずに、私は元夫を気分転換だと言って、何度も連れ出そうとしてしまった。

後悔が今になって押し寄せてくる。

どうして元夫は私に話してくれなかったのか。少し悲しくなってしまった。

「ジュリエッタ嬢の文字と色は、人込みの中でもすぐにわかった」

「そう、だったのですね」

イラーリオと言い合いをしていたので、余計に文字と色の主張が激しかったに違いない。ただでさえ舞踏会は人が多いのに、申し訳なくなってしまった。

「あの、これまであなたは、夜会に参加者として出たことはない、という噂を耳にしていたのですが、先日の舞踏会はなぜ、参加なさっていたのですか？」

「それは、ジルを探そうと思っていたからだ。丁寧な発音と喋り方で、貴族の娘であることはわかっていたから」

それに姿は見ていなくても、声で判別できる。そう信じて、舞踏会に臨んだらしい。

まさか、私を探すためにわざわざ参加していたなんて……。

ここまで聞いてしまったら、言い逃れなんて不可能だろう。

はあ、とため息を零すのと同時に、彼がまさかの行動に出た。

何を思ったのか、バルトロマイは私の前に片膝をつき、まっすぐな瞳で見上げる。

「な、なんですの？」

彼に傅いてもらう理由など、欠片も思い出せなかった。不可解な行動を前に、ついつい疑問を口にしてしまう。

「ジュリエッタ嬢には深く感謝している。まず、ジルとして、親身に相談に乗ってくれたこと。次に、忙しい身でありながら面会に応じてくれたこと。さらに、絵画について助言してくれたこと」

バルトロマイは膝の上にあった私の手を恭しく握り、額を近付ける。

これは騎士がする、感謝を示す最大の行為であった。

「最後に、馬上槍試合で、声をかけてくれたこと」

「ま、まさか、わたくしの声が、わかりましたの？」

「わかった」

「あ、ありえないですわ。たくさんの声援があったのに」

「野次交じりの観衆の声はすべて雑音だった。唯一、ジュリエッタ嬢の声だけが、俺の耳にはっきり届いたんだ」

「そんな……」

あの時、どういうわけかバルトロマイの視界に靄がかかり、さらに眠気に襲われ、今にも倒れてしまいそうな状況だったらしい。

けれども私の言葉を耳にした瞬間、その靄が晴れ、意識がはっきりしたと言う。

「その時のジュリエッタ嬢の声は、海の水面（みなも）が太陽の光を受けて輝くような、美しく心地よい声だった」

バルトロマイに降りかかった靄と眠気は、悪魔の能力によって発現されたものだろう。

しかしながら、それらの力が私の一言で払拭されるとは、不思議なこともあるものだ。

もしや、アヴァリツィアの能力だったのだろうか？　あとで問い詰めなければならない。

「雨で試合は中止となったが、あのときカプレーティ卿に圧されたままであれば、悔しい思いをしていただろう。ジュリエッタ嬢、心から感謝する」

「い、いえ……」

私の声なんて、歓声にかき消されているものだと思っていた。しっかり本人に届いていたなんて、夢にも思っていなかった。

「ただ、疑問なのは、なぜ親戚であるカプレーティ卿ではなく、敵である俺を応援していたんだ？」

「そ、それは」

イラーリオが悪魔を用いて勝利しようとしていたから、なんて言えるわけがない。

なので適当にはぐらかしておく。

「わ、わたくし、イラーリオとは犬猿の仲でして、あなたに負けてほしくない、と思ってしまいましたの」

「そうだったのか」

少し落胆したような声色だったが、無表情だったので気のせいだろう。

「あ、あの、お立ちになってくださいませ」

「いや、まだ話は終わっていない」

片膝をついて私の手を握ったまま、これ以上、何を話そうというのか。

ドキドキしすぎて、疲労困憊（こんぱい）である。

「まず、以前ジルに渡すと言っていた謝罪の品を、受け取ってほしい」

そういえば、からかってしまったお詫（わ）びとかなんとか、言っていたような気がする。

三回目の面会時に渡すつもりだったようだが、話したいことがたくさんありすぎて忘れていたと言う。

「フェニーチェ修道院の院長に渡してもらおうと思っていたのだが、断られてしまって」

バルトロマイが懐から出した革袋を、私の手のひらの上に置く。

その重量から、道ばたで拾ったきれいな石を思い浮かべる。袋から出してみると、エメラルドのブローチがころりと転がってきた。

目にした瞬間、ギョッとしてしまう。

「これは、う、受け取れません！」

「そこまで高価な品ではない。遠慮なく手にしてくれると嬉しい」

「いえいえ、高価です！　絶対高価なんです！」

いくらカプレーティ家がそこまで裕福ではないとはいえ、エメラルドの価値くらいは理解している。亀裂（クラック）や内包物（インクルージョン）がいっさいない澄んだ色合いのエメラルドなんて、この世に一握りもないだろう。

「心配するな。祖母の形見だから」

「もっと受け取れません‼」

悲鳴にも近い叫びとなった。

突き返そうとしたのに、私の手を両手で包み込むようにしてそれを握らせてくれる。

「気持ちだと思って、受け取ってほしい」

「ううう」

ここまで言われてしまったら、返すことなんてできない。

世界の深淵（しんえん）まで届くかと思うくらいの、深いため息が出てしまう。

バルトロマイの話は、これで終わりではなかった。

「ジュリエッタ嬢、最後に頼みがある」

「な、なんですの？」

嫌な予感しかしない。耳を塞ぎたくなったが、バルトロマイから熱い眼差し（まなざし）を向けられ、ついつい尋ねてしまった。

「ジュリエッタ嬢の絵を、描かせてほしい」

悲鳴をあげなかった私を、誰か褒めてほしい。

私をモデルに絵を描きたいなんて、前世と同じ道を辿っているではないか。

それだけは絶対に、受け入れられない。

私は今日、彼とこれ以上接点を持ってはいけないと覚悟を決め、やってきたのだ。

「その申し出は、お受けできかねます」

「なぜ？」

ストレートな疑問に「うっ！」と言葉に詰まりそうになる。ここで負けるわけにはいかなかった。

「そ、そもそも、どうしてわたくしですの？」

「それは――俺の中にあった不可解な感情が、ジュリエッタ嬢を描いている間は、きれいさっぱり消えてなくなるからだ。絵を完成させたら、この感情とも決別できるような気がしている」

一枚くらいなら、と頷きかけるも、流されてはいけない、と首を横に振る。

もしも私を描きたいのであれば、記憶を頼りに描けばいいだけの話なのだ。別に、モデルとして傍に居続ける必要なんてないから。

断る理由を絞り出し、なんとか言葉にする。

「貴族の娘が、婚約者でないあなたとふたりきりでこうして会うこと自体、あってはならないのです。それにわたくし、もうすぐ家を出る予定ですので」

「結婚するのか？」

バルトロマイは目をくわっと見開き、問い詰めてくる。

若干血走って見えるので、恐ろしかった。

「いいえ、結婚ではなく、俗世を離れる、という意味ですわ」

「カプレーティ家の娘が、俗世から離れるだと!?」

信じがたい、という視線をこれでもかと浴びる。

居心地悪く思いながらも、毅然とした態度を崩さないように努めた。

「ええ。今後は、神様へ祈りを捧げる静かな日々を送る予定なのです」

「どうして、そのような道を決めた？」

それは、前世のように不幸になりたくないから。そして、今、目の前にいる元夫、バルトロマイが視界に入り込まないようにするためである。

それを正直に言えるわけもなく、適当に考えておいた理由を述べる。

「教皇派であるカプレーティ家の娘が、教会へ身を寄せるのは、おかしな話なのでしょうか？」

「それは――」

初めてバルトロマイが言いよどんだ。この調子で、私はカプレーティ家の娘だと主張していけば、彼のお願いから逃れられるに違いない。

「かねてより、わたくしはカプレーティ家の者が次々と争いに身を投じる様子を、嘆かわしく思っておりました。しかしながら、教皇派と皇帝派が何百年とかけて作ってしまった争いの渦はとてつもなく大きくなっていて、わたくしが何かしたからと言って、変わるわけがありません。だからと言って、何もしないわけにはいかない。そう思ったわたくしは、一族の安寧――いいえ、この帝国の平和のため、生涯をかけて神様に祈ろうと思った次第です！」

胸に手を当てて、熱く訴える。

その様子を眺めていたバルトロマイは、話が終わるとハッと我に返ったようだった。

「すばらしい」

「え？」

「ジュリエッタ嬢の考えは、尊く、立派だ」

「えっと、どうも、ありがとうございます」

私が適当に脳内でこねくり回して出した建前を、バルトロマイは絶賛した。それだけでなく、私の手を握り、思いもしなかったことを訴え始めた。

「モンテッキ家とカプレーティ家の闘争については、俺もどうにかしたいと考えていた。ジュリエッタ嬢、両家の安寧のために、ふたりで何かできるのではないか⁉」

「ナ、ナニカ？」

思わず、片言で返してしまう。

彼が私以上に熱くなり始めたので、頭の中が真っ白になってしまった。

「先ほどの結婚の話で思いついたのだが、俺達が婚約すれば、世間の注目が集まる。そこから、争いの終結と平和を説くのはどうだろうか？」

「いいえ、婚約は」

そう言いかけた瞬間、脳裏にあった記憶が浮かび上がってくる。

それは、大雨の中で馬車が横転し、中に乗っていた元夫が大怪我を負うというもの。

「――っ‼」

思い出した。

元夫は事故に遭い、片足がまったく動かなくなってしまった。

それで騎士であり続けることもできず、家に引きこもるようになったのだ。

調べれば調べるほど、不可解な事故だった。

私は事故がカプレーティ家の悪魔の仕業ではないかと思い至り、自ら調査するようになった。

そこで私は、悪魔の知識を身に付けたのだろう。

事故が起きたのは、私と元夫が結婚しておらず、関係が表沙汰になる前だった。

元夫は街に家を借り、静かに暮らしていた。

趣味の絵をゆっくり描きたいから、というのも理由のひとつだったのだろう。

前世の私は元夫を励ますため、毎日通い始めた。そこで、彼は私の絵を描き続けたのだ。

そうこうしているうちに、侍女が私達の密会を両親に報告してしまう。それが両家の新たないがみ合いの火種となり、争いの炎となって多くの人々を巻き込む。

その中でも、前世のイラーリオがカプレーティ家の若者を集めて起こした騒動は、死傷者を多く出した。

モンテッキ家の青年達も集まって応戦し、そこで前世のイラーリオが、元夫の親友を殺した。

足を引きずりながら駆けつけた夫は、親友が殺される瞬間を目撃し、復讐としてペンディングナイフで前世のイラーリオを傷付けてしまう。

殺傷能力が低いペンディングナイフのおかげで致命傷にならなかったが、付着していた絵の具が毒を含むものだったようで、結果的に死なせてしまった。

元夫は裁判にかけられたものの、皇帝派の家の嫡男だということで、追放刑に減免された。

彼が帝都を出る晩に、私と元夫はばあやと薬師に導かれ、結婚式を挙げた。

新婚生活だと思っていた記憶は、単にケガをした元夫のもとへ通っている期間だったのだ。どうやら、前世の記憶が混在しているようだ。

それにしてもなぜ、事件の詳細を忘れていたのか。

「どうした？」

「あ……いいえ。なんでもありません」

バルトロマイの言葉で我に返る。

彼との関係については、慎重に進めていかなければならない。

前世でカプレーティ家の者が悪魔を使って命を狙っていた、という点も引っかかる。

五年前、彼が毒殺されそうになった件と、無関係とは思えなかった。

二度と会わないとは思っていたけれど、このまま見ないふりをして、自分だけ逃げることなんてできない。

かと言って、バルトロマイの提案は私達の周囲の人々には受け入れがたいものだろう。

両家の者が仲良く手と手を取り合い、結婚する。そして、愛をもって長年の遺恨を解決するのだ——という綺麗事では解決できない。

「わたくし達のささいな行動が、両家に大きな影響を及ぼすでしょう。何か事を起こすのであれば、慎重に進めないといけません」

「それはそうだな」

「まず、婚約や結婚ではなく、大本となる両家の問題について、解決の糸口を見つけたほうがよろしいかと」

バルトロマイは眉間に皺を寄せ、腕を組む。

「一度、フェニーチェ修道院の院長に相談してみませんか？」

「ジャン・マケーダに？」

「ええ」

院長は教会に身を置く神父だが、物事を公平に見ることができる。

カプレーティ家とモンテッキ家がどうすべきなのか、答えを導き出してくれるかもしれない。

「なるほど。彼ならばたしかに、いい案が浮かぶかもしれない」

それから、五日後にフェニーチェ修道院で落ち合う約束を交わした。

そろそろ帰ろうかと立ち上がったところで、入り口の円卓に置きっぱなしになっていたアマレッティに気付く。

「ああ、そうそう。わたくしもお礼の品を持って来ておりましたの」

「礼？」

「ええ。舞踏会の日に、助けていただいた感謝の気持ちです」

紙袋から取り出し、バルトロマイへ差し出す。

「開けてもいいのか？」

「ええ、どうぞ。わたくしが元乳母に習いながら手作りしたお菓子なのですが」

リボンを解き、缶の蓋を開いた瞬間、バルトロマイはハッとなる。

私も今になって、彼が毒を警戒していたことを思い出した。

「あの、申し訳ありません。わたくしったら、気が利かない品を用意しました」

「――アマレッティか」

バルトロマイはそう呟（つぶや）き、アマレッティをひとつ摘んで食べた。

すると、口元を手で覆い、涙をポロリと零す。

「だ、大丈夫ですの⁉」

まさか毒が⁉　と思いきや、バルトロマイはふたつ目のアマレッティを食べる。毒であれば、続けて食べないだろう。そもそも毒を入れた覚えはない。

「あ、あの、どうして泣かれているのですか？　お口に合わなかったのでしょうか？」

「いや、違う。懐かしくて」

「懐かしい？」

元夫はアマレッティが大好きだったようだが、モンテッキ家に伝わるお菓子だったりしたのだろうか。そういった話は聞いていなかったのだが。

「この菓子を食べるのは初めてで、名前も知らなかったのに、どうしてかアマレッティとわかるだけでなく、懐かしく感じてしまった。これは……この感情はなんなのか」

バルトロマイは胸をぎゅっと押さえ、涙を拭う。

おそらく彼の中にも、前世の記憶があるのかもしれない。きっと私みたいに前世に未練などないので、何も覚えていないのだろう。

こうしてアマレッティを食べてもらっただけでも、奇跡だと思うようにしよう。

別れ際に、バルトロマイは思いがけない行動に出る。

なぜか、私の手を握ってじっと見つめてきたのだ。

「あの、なんですの？」

「いや、どうしてか引き留めたくなった。すまない」

そう言いつつも、なかなか手を離さない。

優しく握っているだけなので手を引けばいいのだが、なぜか私もそれができないでいる。

壁一枚に隔たれて会っていたときとは違う。目と目を合わせ、こうして触れ合えば、愛おしさがこみ上げてきてしまった。

このままではいけない。そう何度も言い聞かせているのに、体が言うことを聞かなかった。

『やっぱりこうなったか』

突然、アヴァリツィアの声が聞こえ、視界の端に姿を現す。

『お前はとんだ嘘吐きなんだな。こうして近付けば不幸になるとわかっているのに、相手のことなんて思いやれない、勝手な女なんだ』

アヴァリツィアの言葉は、薔薇の棘に触れてしまったときのように鋭く胸に突き刺さる。

おかげで熱に浮かされていたような気持ちが、スーッと消えてなくなった。

握られていた手を引き抜き、バルトロマイの顔を見ないようにして会釈する。

そのまま私は、路地を駆けていく。

「ジュリエッタ嬢！」

バルトロマイが私の名を切なげに呼んでいたが、一度も振り向かなかった。


バルトロマイと別れてからというもの、彼が毒殺されそうになったことについてたびたび考え込んでしまう。前世のようにカプレーティ家の悪魔が絡んでいる可能性がある。

だとしたら、いったい誰が、どんな目的でモンテッキ家の嫡男をターゲットにしたのか。

今現在、悪魔が取り憑いているのを確認できているのは、イラーリオのみである。

カプレーティ家の当主である父は、間違いなく悪魔を従えているだろう。

悪魔の姿が確認できるのは、憑かれた者が感情を高ぶらせたときのみ。

以前、父がイラーリオに対して怒っている姿を見た覚えがあったものの、悪魔どころか、靄すら見えなかったような気がする。

あれは見た目ほど怒っていなかったのか。それとも、すでに悪魔を服従させていたので制御できていたのか。

自室にいた私は、ふと呟く。

「……ねえ、アヴァリツィア、近くにいる？」

『おう、なんだ？』

「お父様に取り憑いている悪魔について、調査することはできます？」

街の愛玩動物店で購入した、餌用のトカゲをちらつかせながら取り引きを持ちかける。

『トカゲか。その程度だったら、質問に答えるくらいしかできないな』

「でしたら、何を差し出せば応じていただけますの？」

『お前の強欲と引き換えに、調べてやらないこともないぜ』

「その強欲とやらを差し出したら、わたくしはどうなりますの？」

『お前の中にある、強欲がなくなるだけだ』

話を聞く限り、そこまでたいそうな対価でないように聞こえる。

ただ感情のひとつが欠けると、精神の均衡が崩れるような気がしてならない。

たとえば、バルトロマイへの恋心を抱くことを強欲だと仮定し、アヴァリツィアに捧げたとする。

これまで彼の幸せを想ってきた私は、生きる意欲をごっそり持って行かれるだろう。

必要がないように思える醜い感情も、その人々を構成する大切な欠片なのだ。

「強欲を捧げるのは拒否いたします」

『なんでだよ。お前、強欲さえなければ、周囲の人間から聖女のように敬ってもらえるような存在になれるんだぞ』

「別に、他人の評価なんて、わたくしにとってはどうでもよいことです」

もっとも大切なのは、バルトロマイが幸せに人生を送ることのみ。

それを強く望んでしまうのは、私の中にある強欲が猛烈にそれを欲しているからだろう。

「あなたには頼りません。わたくしがひとりでなんとかしますわ」

まずは父の悪魔について、自力で探ってみる。

父を怒らせたら、悪魔が出てくるだろう。

そう考えていたのだが――父のお気に入りの服にワインを零したり、下手な似顔絵を描いたり、突然大規模なお茶会を開いて父を呼び出したりと、さまざまなことをしてみたものの、いっこうに怒らない。

それどころか、幼い頃のおてんばな私が戻ってきた、と喜んでいた。

どうしてこうなってしまったのか。

そうこうしているうちに、バルトロマイとフェニーチェ修道院で落ち合う日を迎えた。

院長には先触れを出しているので、きっと待っていることだろう。

久しぶりに修道服に袖を通しベールを被って、ばあやと共に屋敷を出る。

「いやはや、こうしてジュリエッタお嬢様とお出かけするのは久しぶりですねえ」

「腰の具合がよくなって、本当によかったですわ」

バルトロマイは告解室で待っているというので、ばあやと鉢合わせはしないだろう。

ふたりで焼いたビスコットを、子ども達に配るようばあやに託しておいた。

院長が待ち構えており、すでにバルトロマイが来ていることを小声で教えてくれる。

「ではばあや、子ども達のこと、お願いしますね」

「ええ、お任せください」

バルトロマイはパンや本、文房具などを大量に寄付してくれたようで、今日も院長は嬉しそうだった。

「それにしても、モンテッキ卿は皇帝派ですが、すばらしいお方です」

「おそらく、本日の相談料も含まれているのかと」

「話したいこととは、なんでしょうねえ」

カプレーティ家とモンテッキ家の因縁を断ち切りたい、と話したら、院長はどんな反応を示すのか。まったく想像がつかなかった。

聖職者側に院長が入り、私は信者側のほうに向かった。中にはすでにバルトロマイがいて、私に気付くと立ち上がる。

「ジュリエッタ嬢、よく来てくれた」

「約束しておりましたから」

院長がやってきたので、向かい合って腰かける。

重たい空気だったが、院長だけはどこか楽しそうだった。

「二対一で話すのは初めてですので、緊張しますねえ」

「肩の力を抜いて、聞いてほしい」

リラックスしながら聞く話ではないだろうが、バルトロマイに指摘するような余裕は私にもなかった。バルトロマイは続ける。

「長年騎士を務めていた俺の頭を悩ませるのは、カプレーティ家の者と、モンテッキ家の者が起こす諍いについてだ」

顔を合わせただけで決闘になり、その上双方に肩入れする家も多いものだから、大勢の人々を巻き込んで、大きな騒動になることも珍しくないらしい。

被害が大きくならないよう、皇帝側、教皇側それぞれの騎士が仲裁しに向かうのだが――。

「その騎士達も対立の熱に煽(あお)られて、場を収めるどころではなくなってしまうのだ」

結局、闘争は収まらず、被害は拡大する。

終始冷静に対処できる騎士は、ひと握りなのだとか。

「なるほど。それは頭が痛くなるような問題ですねえ」

院長が呟く。

教皇派を支持するのは、帝都を拠点とする人々や、各地を行き来する商人である。

彼らは帝国の平和を望み、特権階級の者達が優遇される世の中を恨んでいる。

皇帝派を支持するのは、地方の封建領主や貴族だ。

さまざまな民族が集まった帝国の統一を望んでおり、紛争の調停や人権問題に介入できる権利を持つ教皇の存在を邪魔に思っている。

双方の望むことはバラバラで、意見をすり合わせることなど至難の業であった。

「何百年と続く愚かな争いを、いい加減止めさせたい。それを叶えるには、どうすればいいのだろうか?」

「……はい?」

「もう、両家の争いの仲裁などしたくない。何かいい解決法を教えてほしい」

「あの、ご相談というのは、カプレーティ家とモンテッキ家の闘争を止めさせたい、ということなのですか?」

「そうだが?」

さすがの院長も驚いたのだろう。言葉を失っている。

「え〜〜、え〜〜〜〜〜〜〜っと、はい。話はわかりました。そうですね、ええ、非常に難しい問題です。ちなみに、モンテッキ卿は解決のために、何か考えましたか?」

「彼女、カプレーティ家のジュリエッタ嬢との婚約を提案したが、彼女から即座に却下された」

「それはそれは、ええ、賢明です」

「なぜ、そう思う?」

「結婚は両家の関係を強固にするものですが、いがみ合っている家同士で結婚しても、互いに反感を買うだけですので。もしも私があなた方の両親だったら、二度と会えないように関係を引き裂いていたでしょう」

前世で私と元夫は、何があっても結婚するの一点張りで、薬師やばあやの助言など聞き入れなかった。最終的にふたりが折れて、協力してくれた形になる。

私と元夫が心中しても、カプレーティ家とモンテッキ家は何も変わっていなかった。私達の結婚や死は、両家にとってささいな問題だったのだろう。

今世では絶対に同じ轍など踏まない。そう心の中で強く誓っている。

「私は、両家の闘争は単純な問題ではないと思っています」

「対立の根っこに、何かがある、というわけなのか？」

「はい。それを解決させれば、どうにかなると思うんです」

その根本の問題とやらは、院長にもわからないと言う。どうやら私達で調査するしかないようだ。

「親身に相談に乗ってくれて、感謝する」

「いえいえ、たくさんの心付けをいただいたので、これくらいであれば、いつでもお話しさせていただきますよ」

これからミサだと言うので、院長は告解室から出て行った。私達もあとに続く。

外を歩いていたら、急に立ち止まったので驚く。

顔を覗き込むと、バルトロマイは眉間に深い皺を作り、深刻そうな横顔を見せている。血色が悪く、目の下には濃い隈が浮かんでいた。

おそらく、ゆっくり眠れていないのだろう。

「あの、大丈夫ですの？」

「何がだ？」

「顔色がとても悪いように見えますので」

「ああ……言われてみれば、調子はよくないな」

きっと今回の問題について、悩んでいたのだろう。

何か気分転換でもすればいいのに、と思った瞬間、パッと閃く。

「こういうときこそ、絵画ですわ！」

「いや、そういう気分ではないのだが」

「わたくしを思う存分描いてもよいので」

そう提案すると、バルトロマイがキョトンとした表情でこちらを見つめる。

「いいのか？」

「あなたがそれで元気になるのならば、致し方ありません」

ぐいぐい腕を引き、庭にある東屋へと誘う。そこに、私は腰を下ろした。

何かあったときのためにと持ち歩いていた羊皮紙を、バルトロマイに進呈する。

鞄に入れていた鉛筆も、彼に貸してあげた。

バルトロマイは巻き癖が付いた羊皮紙を左手で押さえつつ、鉛筆を走らせる。

顔を覆うレースのベールを脱いだほうがいいのか、なんて考えていたが、お構いなしに描き始めた。私をじっと見つめる瞳は、真剣そのもの。

灼(や)けてしまうのではないか、と思うくらいの熱視線である。

ベールがあってよかった、と内心思ってしまった。

あっという間に全身をざっくり描き、指先から細部を描きこんでいる。

修道服のスカートの皺や、硬い革靴の質感なども、鉛筆一本で丁寧に再現していた。

最後に顔まわりを描くようだ。

首辺りまで順調に進んでいたのに、バルトロマイは鉛筆を止め、首を傾げる。

「どうかなさったの？」

「いや、ベール越しの顔を、どう描こうか悩んでしまって……」

「えーっと、では、脱ぎましょうか？」

本当は嫌なのだが、サクサク描いてもらわないと、ばあやを待たせてしまう。

覚悟を決めて言ったのに、バルトロマイから「いや、いい」と断られてしまった。

「代わりに、顔に触れてもいいだろうか？」

「ふ、触れる、のですか？」

「ああ。レース越しで構わないから」

理由を聞いた途端、羞恥心に襲われる。

彼は画師として、レースに隠れた顔の構造が気になるだけなのだろう。意識してしまった自分自身を恥ずかしく思う。

「お役に立てるのでしたら、その、どうぞ」

「感謝する」

バルトロマイは立ち上がり、ずんずんと目の前にやってくる。

大きな体をかがめ、輪郭にそっと触れた。

ベール越しだというのに、直に接しているように思えてしまう。

熱のこもった目で見つめてくるので、まるで愛を訴えているようだと、勘違いしそうだった。

バルトロマイは私の唇を指先でなぞり、耳は親指と人差し指で摑むように優しく触れていく。頰は手の甲で撫で、瞼と目の下の膨らみにも触れる。

吐息がかかるくらいの距離感に、熱心な様子で観察していた。

前世で想い合っていたときでさえ、こんなにじっくり触れられた覚えなどない。なぜ、彼と赤の他人の状態で、このような絡みをしなければならないのか。

「も、もう、よろしいでしょうか？」

「ああ、感謝する」

一連の行動で、すっかり脱力してしまう。

ベールを被っていたせいで、とんでもない目に遭ってしまった。

こんなことをされるのであれば、顔を晒して熱心に見つめられるほうがマシだった。

内心頭を抱えている間に、バルトロマイは着席して鉛筆を握る。

それから一時間ほど、手の動きを止めずに描き切ったようだ。

「……こんなものか」

完成した絵を、バルトロマイは見せてくれた。

「まあ、きれい！」

宗教画のような、美しいシスターの姿が描かれている。

特にレースの質感がすばらしい。絵なのに、レースのやわらかさや精緻な雰囲気が伝わってくるのだ。その下にある顔立ちも、端整に描かれている。

やはり彼は天才だ。画師として、とてつもない才能を持っている。

ただ、私を見る目はどうなのか、と疑ってしまう。

前世と同様、描いた絵のほうが、明らかに美しいから。

モデルよりもかなり美化されているので、この絵を見て私だと気付く者はいないだろう。

一枚の絵を完成させたバルトロマイは、少しぼんやりしていた。逆に疲れさせてしまったのかと心配になる。

「あの、大丈夫ですの？」

「え？」

「やはり、酷く疲れているようにお見受けします」

「疲れ……？　いや、ぜんぜん感じていない。逆に、活力を貰えたような気がする」

これまでモヤモヤした感情を抱えていたようだが、絵を仕上げることにより、それが薄くなっていったようだ。それに驚き、呆然としていたのだと言う。

バルトロマイは私の前に片膝をつき、手をぎゅっと握る。

「こんなに清々(すがすが)しい気持ちは生まれて初めてだ。すべて、ジュリエッタ嬢のおかげだ。心から感謝する」

「ええ、その、よかったですわ」

このような状況となれば、彼は私しか描けないお方なのだと認めざるをえない。

どうしてそういう仕様となっているのか。理解しがたい問題であった。

「ジュリエッタ嬢、お願いがあるのだが」

聞きたくない。聞かないほうがいい、なんて思いは、私の我(わ)儘(まま)なのだろう。

彼の幸せを第一に思うのであれば、耳を傾けないといけない。

「なんですの？」

「先ほどみたいに、また絵のモデルを務めてくれないか？」

それを聞いた瞬間、心をぎゅっと鷲づかみにされるような感覚に陥ってしまう。

まるで愛を囁くような、熱い言葉であるかのごとく錯覚してしまいそうだった。

しかしながら、その行為はあくまでバルトロマイの心の安寧を得ることが目的である。

別に私自身を強く求めているわけではないのだ。バルトロマイのためを思うのならば、私の中にある感情を押し殺してでも、引き受けるべきだろう。

「わかりました。わたくしでよろしければ、どうぞお描きくださいませ」

「ジュリエッタ嬢、ありがとう」

バルトロマイは喜びのあまり、とんでもない行動に出る。

突然私を抱きしめただけでなく、頬にキスをしたのだ。

ベール越しだったとはいえ、驚いてしまった。

それらの行動はロマンチックさの欠片もなく、言葉で表すとしたら、大型犬がじゃれてきた、とでも言えばいいのか。

「あの、あの、バルトロマイ様、落ち着いてくださいませ!!」

そう訴えると、バルトロマイの動きがピタリと止まる。

ゆっくりとした動作で、私から離れた。

「すまない。はしゃぎすぎた」

「今後はこのようなことがないように、お願いいたします」

私よりもはるかに体が大きなバルトロマイが、しょんぼりとうな垂れ、反省した素振りを見せている。

その様子があまりにも愛らしくて、一連の行動をあっさり許してしまった。

さて、これから何をすべきなのか、考えないといけない。

「院長がおっしゃっていた、根本の問題、とやらが気になるところですが」

「建国から皇帝の傍付きだったモンテッキ家はいいとして、途中から教皇側についたカプレーティ家については気になるところだな」

「たしかに、わたくしもそう思います」

教皇は神の代弁者として地上に存在し、各国にある教会の長として、世界の皇帝や国王からも一目置かれる存在である。

総本山であるクレシェンテ大聖宮は、ヴィアラッテア帝国の西方に位置している。

「一度、クレシェンテ大聖堂にカプレーティ家との関わりを調べに行こうかな、と考えております」

「可能なのか？」

「ええ」

クレシェンテ大聖宮は招かれた者しか、立ち入ることができない。

けれども、私であれば父に頼んだら、それも可能だろう。

「クレシェンテ大聖堂は、個人的に一度調査したい、と思っていたところだ」

「バルトロマイ様も？」

彼は腕組みした状態で、大きく頷いた。

「一応、侵入ルートについての情報は入手している」

「ちょっと、お待ちになってくださいませ！　侵入ルートって、そんなものがあるのですか⁉」

「ああ。信頼している密偵が調べたものだから間違いないし、この情報を漏洩（ろうえい）させるつもりはないから安心してほしい」

ふたりで侵入したら、協力し合えるかもしれない——なんて提案されたが、待ったをかける。

「あの、クレシェンテ大聖宮への入宮は、許可がある者であれば、一名に限り同行が許されております。ですので、調査をするときは、正規ルートから入りましょう」

「いいのか?」

「ええ、もちろんです」

カプレーティ家の娘と、モンテッキ家の嫡男が揃って入宮したら、怪しまれるだろう。

私はともかくとして、バルトロマイは変装する必要がある。

「変装ならば、儀仗騎士に扮するから心配いらない」

なんでも儀仗騎士が着用する板金鎧をモンテッキ家は所有しているらしい。今はしていないようだが、クレシェンテ大聖宮に間諜を送り込んでいた時代があったと言う。

「だがクレシェンテ大聖宮の管理体制は鉄壁で、熟達した間諜でも情報は持ち帰れなかったらしい」

ただ、カプレーティ家の娘である私がいたら、何か得ることができるのではないか、とバルトロマイは期待しているようだ。

「わかりました。ではさっそく、父に頼んでみます」

「申請にどれくらいかかる?」

「早くても一ヶ月後くらいかと」

クレシェンテ大聖宮は世界各地にある教会の総本山である。毎日各国から、たくさんの人達が押しかけているのだ。

いくらカプレーティ家の娘といえど、最優先にされるというわけではない。

「申請している一ヶ月もの間に、何か調査できたらいいのですが」

「だったら、うちに来て、紛れ込んだネズミ探しでもするか？」

「ネズミ、ですか？」

「俺の命をしつこく狙う、暗殺者だ」

なんでもバルトロマイは一週間に最低一回は、命を狙われているのだと言う。

布団の中に毒蛇が潜んでいたり、寝室の天井裏から暗殺者に襲われたり、寝巻きに毒針が仕込まれていたり。

「お茶に毒が仕込まれていただけではなかったのですね」

「ああ、そうだ」

騎士隊が調査したり、警備を強化したりと、さまざまな策を講じているものの、解決には至っていないようだ。

「暗殺者は俺以外の命は狙わない。だから、安心して調査しに来るといい」

「しかし、カプレーティ家の者であるわたくしが、モンテッキ家に足を踏み入れてもいいのでしょうか？」

「それこそ、変装すればいいだけの話だろう」

目の色だけは隠せないが、色眼鏡でもかけたらバレないだろうとバルトロマイは言う。

「問題は、どうやってうちに紛れ込ませるか、だな。使用人というのもなかなか難しいし……」

バルトロマイの暗殺騒動の影響で、モンテッキ家はお茶会すら開けないような状態らしい。

そうでなくても、通常、屋敷で使用人を雇う際は紹介状が必要になる。人事権を持っているのも、執事や家令といった使用人達をまとめる存在なのだ。

「同性の使用人ならまだしも、俺が異性の使用人を働かせてくれと口利きするのは、変な目で見られそうだな」

「それですわ‼」

バルトロマイはピンときていないのか、胡乱な瞳で私を見つめる。

「ジュリエッタ嬢をメイドや侍女として働かせるよう、俺から家令に頼みこめ、と言うのか？」

「いいえ、違います。もっと手っ取り早く、怪しまれずにモンテッキ家へ侵入する手段を思いつきました」

「なんだ、それは？」

「わたくしが身元を隠して、バルトロマイ様の愛人を装えばよいのです！」

愛人というのは伴侶以外の恋愛関係にある者のことだ。貴族の場合はたいてい、生活の面倒を見るのと引き換えに関係を結ぶ。

私が愛人に扮するというのはまさかの作戦だったようで、バルトロマイは目を見開く。

「愛人であれば常に一緒にいても不審ではありませんし、使用人達にも怪しまれずに済みますから」

他に作戦があるのであれば、提案してほしい。

そう伝えたところ、バルトロマイは眉間に皺を寄せ、何やら深く考え込んでいる。

「……たしかに、愛人として入ってもらうのが、一番いいような気がする」

「でしたら決まりですわね！」

そんなわけで、私はバルトロマイの愛人として、モンテッキ家に居候することになった。

第三章　両家の謎を追え！

モンテッキ家にて、泊まり込みで調査するにあたり、家を数日空けなければならない。

どうしようかと考えた結果、フェニーチェ修道院に滞在する体をとるという偽装工作を行うことにした。

もちろん院長公認で、誰かが私を訪ねてきても、適当に誤魔化してくれるという。

両親にこの作戦が通用するかドキドキだったが、元々一年に一度、フェニーチェ修道院に一週間ほど滞在し、奉仕活動に専念していたので、怪しまれずに済んだ。

所持しているドレスの中から派手なものを選び、鞄に詰めていく。

化粧品や靴、宝飾品など、必要だと思う品をどんどん入れていった。

四つの鞄が完成し、従僕に命じて運んでもらう。

その様子を見たばあやが、痛いところを突いてきた。

「ジュリエッタお嬢様、今年は荷物が多いですねえ。去年は鞄ひとつだったのでは？」

「そ、それは……不必要な品を、寄付しようと思いまして」

「ああ、そうだったのですね」

幸い、モンテッキ家に持っていくドレスや宝飾品は、派手でいつどこに使っていいのかわからない品ばかりだ。調査が終わったら、換金してフェニーチェ修道院に寄付してもいい。

今回、当然ながらばあやはお留守番である。去年は一緒に行ったのだが、今年は腰を悪くしていたので、ゆっくり過ごしてほしいと言ってあるのだ。

「ジュリエッタお嬢様をひとりにするなんて、傍付き失格です」

「ばあや、大丈夫ですわ。この先、わたくしはひとり、教会で生きていかなければならないのですから、予行練習だと思うようにしておきます」

涙をぽろぽろ流すばあやに、絹のハンカチを握らせる。

「では、行ってまいります！」

「ええ、行ってらっしゃいませ」

中央街までカプレーティ家の馬車で行き、そこから先はバルトロマイが迎えに来てくれる予定である。

侍女をひとりも連れずに、私は街へ繰り出した。

バルトロマイはすぐに見つかる。全身黒尽(ず)くめで、頭巾を深く被っていたのだが、体が大きいので目立っていた。

鞄が四つもあるのでその場を離れるわけにもいかず、両手を振って名前を叫んだ。

「バルトロマイ様――!!」

私の呼びかけに対しバルトロマイはギョッとし、すぐにこちらへやってきた。

「ジュリエッタ嬢、思いのほか、声量があるのだな」

「ええ。子どもの頃、声楽の先生によく声が出ていると褒められたことがあるんです」

「そうか」

顔色が悪く見えるのは、街中で人の声をたくさん聞いていたからだろう。

「バルトロマイ様、早く行きましょう」

「そうだな」

バルトロマイが片手を上げると、円形地帯(ロータリー)に停(と)まっていた馬車がやってくる。

御者が私の鞄をテキパキと荷台に積んでくれた。

馬車が走り始めると、バルトロマイに一言断っておく。

「少し、身なりを整えたいのですが、よろしいでしょうか？」

「ああ、構わない」

着込んでいた外套を脱ぐ。下にまとっていたのは深紅(カーマイン)のドレスだ。それに毛皮の襟巻きを装着させた。

丁寧に編んでいた髪を解き、適当に解す。唇には真っ赤な口紅を塗っておいた。

色付き眼鏡をかけ、大きな羽根を挿した、つばが広い帽子で目元は隠しておく。

簡易的ではあるが、派手な佇まいの愛人風の装いの完成である。

「驚いた。服装や化粧で、印象が大きく変わるのだな」

「愛人に見える装いにしてみました。いかがでしょうか？」

「普通の愛人がどういう恰好をしているのかはわからないのだが、カプレーティ家のジュリエッタ嬢には見えない」

どうやら問題ないようだ。

名前や身分も決めておかなければならないだろう。

「名前はジルでよくないか？」

「そうですね。親しみのある名であれば、反応しやすいですし」

そう答えると、バルトロマイは眉間に皺を寄せる。

「ジルという名を、呼ぶ者がいたのか？」

「いいえ、おりませんが」

前世で元夫が呼んでいただけである。今世には、私をジルと呼ぶ者なんていない。

「ならばなぜ、親しみのある名だと言った？」

「えーっと、それは……バルトロマイ様が呼んでくださったから」

嘘は言っていない、嘘は。

こんな理由で納得してくれるのか、心配だったが――。

「そういうわけだったのか。追及してすまなかった」

あっさり引き下がる。単純なお方でよかった、と心から思った。

「名前はジルで、出会いは酒場、職業は給仕、でよろしいかしら？」

「まあ、問題ないだろう」

間違って〝ジュリエッタ嬢〟と呼ばないよう、今から〝ジル〟と呼び方を徹底するよう頼んだ。

愛人の設定はこれくらいでいいだろう。

「心配なのは、バルトロマイ様の名誉ですわ」

「名誉？」

「結婚していないのに、愛人を迎えることになってしまって、申し訳ないと思ったわけです」

既婚者であれば、愛人を迎えることなど珍しくはない。けれども、独身男性が愛人を迎えると、たいそうな女好きだと揶揄（やゆ）されてしまうのだ。

「この年で結婚していないのだから、女性に興味がないのかと心配されていたくらいだ。周囲の者達は逆に安心するだろう」

「そ、そうなのですね。結婚は、考えていらっしゃらないの？」

口にしてから、なんて質問をしてしまったのかと後悔する。

バルトロマイの結婚話なんて、聞きたくないのに。

「これまで、そういった話は何度かあった。父が選んだ女性と結婚すべきだとわかっていたのだが、できなかった」

「できない、ですか？」

「ああ。どの女性を前にしても、〝彼女じゃない〟と強く感じてしまい――」

どくん、と胸が大きく鼓動する。

彼女、というのは、馬上槍試合で告白しようとしていた女性なのか。

視界の端に、アヴァリツィアがやってくるのを捉えた。

彼は私の肩に飛び乗り、耳元で囁く。

『我慢しないで、気になることは聞いておけよ。どうせ、あとからモヤモヤするんだろう?』

本当にその通りである。

アヴァリツィアの言いなりになるのは気に食わないが、質問するのならば、話の流れ的に今が聞きやすいだろう。

覚悟を決め、彼に尋ねる。

「そういえば、馬上槍試合の最終決戦で、〝愛の誓い〟をされていましたが、想い人がいましたの?」

「愛の誓い? ああ、あれは、ジルを探すために使おうと思っただけだ」

「わ、わたくしを!?」

バルトロマイはこくりと頷く。

「人探しに愛の誓いを使うなんて、信じられません」

「仕方がないだろう。ジルという名前しか知らなかったし、この機会を逃したら、どうやって会えばいいのかわからなかったから」

「でしたら、先ほどおっしゃっていた〝彼女〟というのは?」

「それは――わからない」

「わからない?」

「数年前、父に聞かれたときも、出会っていないのに強く恋い焦がれている、と説明して呆れられた覚えがある」

肩にいるアヴァリツィアが、にんまりと笑いながら囁いた。

『あいつが言う〝彼女〟は、お前のことなんじゃないか？』

いいや、そんなわけはない。だって、バルトロマイには前世の記憶なんてないのだから。

先ほどから、好き勝手言ってくれるものだ。

アヴァリツィアを手で払おうとしたら、バルトロマイが不思議そうな表情で問いかけてくる。

「ジル、その黒いウサギは、どこに隠していたのだ？」

「え⁉」

バルトロマイに、この子の姿が見えている⁉

アヴァリツィアのほうを見ると、目を見開いて驚いているようだった。

どうやら、自分の姿が彼に見えているとは思っていなかったらしい。

「バルトロマイ様、この子が見えますの？」

「ああ。角が生えているなんて、変わったウサギだな」

アヴァリツィアは私にすがりつき、首をぶんぶん横に振っている。

自分のせいではない、と言いたいのか。

どうしようか一瞬迷った。けれども、彼と一緒にカプレーティ家とモンテッキ家の悪縁を絶つためには、こちらの腹の内を明かしておいたほうがいいだろう。

覚悟を決め、アヴァリツィアについて説明する。

「あの、バルトロマイ様、その、驚かないでくださいませ」

「なんだ、改まって」

「この子は――悪魔なのです！」

額に汗がぶわりと浮かぶ。

私の告白を聞いたバルトロマイは、無表情でこちらを見つめていた。

「なるほど。それは悪魔だったのか」

「え？」

特に驚いていない。それどころか、彼は悪魔を見たことがあるような口ぶりであった。

「もしかして、バルトロマイ様は悪魔も見えるのですか？」

「いや、これまではっきり姿を見たことはなかった。たまに、黒い靄のようなものが人の肩や腰にまとわりついているのを不思議に思っていたくらいで」

黒い靄よりも人の声が文字に見えるほうが厄介だったので、特に気にしていなかったようだ。

そうだった。バルトロマイには第六感が備わっていたのだ。その影響でアヴァリツィアの姿が見えたのかもしれない。

「それで、その悪魔はどうしてジルに付きまとっているんだ？」

「私に服従しているから、です」

「悪魔を従えているだと？」

「ええ、その、結果的にそうなってしまったというか、なんというか」

アヴァリツィアのことよりも、カプレーティ家と悪魔の関係について説明するのが先だろう。

「実は、カプレーティ家の者には悪魔が取り憑いていて、その能力を用いて、長年教皇派の指導者となっていたようなのです」

「なんだと⁉」

やっと、バルトロマイは驚きの表情を浮かべる。

「モンテッキ家に比べて、カプレーティ家は財も勢力もなかったものですから、悪魔に頼るしかなかったのでしょう」

「なるほど。そういうわけか」

思っていたよりもすんなりと、バルトロマイは悪魔について理解を示してくれた。幼少期より靄を目にしていて、不可思議な存在が身近だったのもあるのだろう。

「悪魔は正体を見抜くと服従させることが可能なのですが、わたくしがアヴァリツィアの正体に気付いたのは偶然でした。現在、服従関係にありますが、アヴァリツィアを使役して何かをしようとは考えておりません。その、信じていただくのは難しいかと思いますが」

「いや、信じよう」

彼の返答を聞いて、ホッと胸をなで下ろした。

続けて、バルトロマイは何やら考える素振りを見せる。

「どうかなさったの？」

「いや、モンテッキ家には〝聖剣〟と呼ばれる家宝があったのだが、もしかしたら、カプレーティ家の悪魔と対峙（たいじ）するためにあったのかもしれない、と思って」

「モンテッキ家の聖剣ですか。初めて聞きます」

「大昔に盗まれていたので、すでに手元にはないのだが」

「まあ、そうでしたのね」

聖剣が盗まれたあと、モンテッキ家はそれがカプレーティ家の仕業だと訴えていたらしい。

皇帝の命令でカプレーティ家を調査するも、聖剣は見当たらなかった。

それに納得いかなかったモンテッキ家の者達は、カプレーティ家を襲撃する。

二百年ほど前に起きた、〝聖剣内戦〟と呼ばれるものらしい。

「では、二百年もの間、聖剣は行方不明なのですね」

「みたいだな」

その内戦は多くの死者や損害を出したため、両家の黒歴史扱いされているらしい。

証拠隠滅が図られたため、後世に伝わっていないのだとか。

「バルトロマイ様はどうしてご存じでしたの？」

「皇帝陛下の禁書室で読んだことがあったから」

「そうでしたのね」

近衛騎士は禁書室を自由に出入りする権利が与えられるという。

発する言葉が目に見えるという不思議な能力を持つ者が過去にいなかったか調べていたときに、両家の黒歴史を見つけたようだ。

聖剣の話をし始めた途端に、アヴァリツィアはガタガタと震え始め、最終的に姿を消す。

どうやら悪魔にとって、聖剣は大きな脅威のようだ。

百年の時を経て、私はモンテッキ家の屋敷にやってくる。

豪壮（ごうそう）な邸宅は、いつ見ても圧倒される。これで街屋敷（タウンハウス）だと言うのだから、領地の所領本邸（カントリーハウス）はいったいどれくらいの規模なのか。想像できない。

バルトロマイは愛人を連れて帰る話を、家令にのみしていたらしい。

「おそらく、部屋くらいは用意してくれるだろう」

「心遣いに感謝します」

裏門から入らず、堂々と正門から入り、玄関に案内される。

前世では外観を眺めるだけで、このようにモンテッキ家へ入ることはなかった。

まさか生まれ変わった挙げ句、愛人として訪問することになるなんて、夢にも思っていなかった。

ただ、モンテッキ家の者達から嫌われる、というのは前世と変わらないだろう。

調査のためだ、仕方がないと思いながら、バルトロマイのあとに続く。

「おかえりなさいませ、若様!!」

家令らしい初老の男性を先頭に、従僕や侍女、メイドなどの使用人がずらりと並んで出迎える。

「なんだ、この大げさな出迎えは」

「愛人様を迎える佳き日に、皆、いてもたってもいられなかったようで」

愛人様、と呼ばれただけでも驚きなのに、歓迎されているような雰囲気に戸惑ってしまう。それは私だけでなく、バルトロマイも同様だった。

「若様、愛人様をご紹介いただけますか？」

「彼女はジルだ。中央街にある酒場で給仕をしていた」

「さようでございましたか」

銀縁眼鏡をかけた家令は、恭しく頭を下げる。

「ジル様、わたくしめはモンテッキ家の家令、オレステ・レオパルディと申します。以後、お見知りおきくださいませ！」

「え、ええ……」

それから、私専属の侍女を三名紹介される。まさか、侍女まで付けてくれるなんて。

前世の父は愛人を家に囲っていたものの、侍女どころかメイドすら付けていなかった。

それを考えると、破格の扱いだろう。

「若様、奥様がジル様に挨拶したい、とおっしゃっております」

「母上が？　冗談だろう？」

「いいえ、本気です」

バルトロマイは返事の代わりに盛大なため息を零す。

前世で彼の母親は、病弱で社交場に姿を現さなかった。前世を含めても、会うのは今日が初めてである。

バルトロマイは私を振り返り、申し訳なさそうに言った。

「ジル、すまない。母上が挨拶をしたいらしい」

「わかりました」

ここで拒否しても礼儀知らずの愛人だと思われるだけで、さほど問題はないだろう。

応じたのは、バルトロマイの母親に会ってみたい、という好奇心である。

おそらく、厳格な女性なのだろう。

もしかしたら、出て行ってほしいとお願いしてくるのかもしれない。そのときは、反抗するつもりだが。芝居ができるか心配になったが、上手くやるしかない。

ドキドキしながら、バルトロマイのあとを歩いて行く。

「ジル、ここだ」

「ええ」

ついに、ご対面となる。扉が開かれ、中へと誘（いざな）われた。

ブロンドの髪に白髪が少し交ざった、凛（りん）とした印象の女性と対面することとなる。

彼女がバルトロマイの母親――モンテッキ夫人なのだろう。

「あなたが、バルトロマイの愛人なのね。初めまして。私はあの子の母親よ」

「お初にお目にかかります。ジルと申します」

モンテッキ夫人から探るような目で見つめられ、居心地が悪くなる。

厳しい視線を向けてくるのも、無理のないことだろう。大切な息子を毒牙にかけたような存在なのだから。

モンテッキ夫人は私のもとへ一歩、一歩と近付いてくる。

バルトロマイはそれを制そうとするものの、モンテッキ夫人が肘で強く遠ざけていた。

「ジル、下がれ！」

バルトロマイがそう叫んだのと、モンテッキ夫人が大きく動いたのはほぼ同時だった。

私は反応できず、その場に硬直してしまった。

モンテッキ夫人は思いがけない行動に出る。私を力いっぱい抱擁したのだ。

「あなた、ありがとう!!」

「え？」

「ずっとずっと、うちの子は女性に興味がなかったから、もうダメかと思っていたわ!!」

「は、はあ」

想定外の行動に、どういう反応を返していいものかわからなくなる。

バルトロマイのほうを横目で見たら、手で顔を覆っていた。

「ジルさん、なんて物腰がやわらかくて、かわいらしいお方なのでしょう。うちの子は、見る目がありすぎるわ！」

まるで婚約者を迎え入れるような態度に、戸惑ってしまう。

念のため、主張してみた。

「あ、あの、わたくしは、愛人、なのですが」

「存じていてよ。私はあの子が異性に興味を持ったことが嬉しいの」

バルトロマイは仕事一筋。恋人のひとりもいないどころか、夜遊びすらしなかったらしい。

「まさかバルトロマイが夜遊びをした挙げ句、お店のかわいらしい女性を気に入り、家に連れてくるまでに至ったなんて、奇跡としか言いようがないわ！」

「母上、少し黙っていてください！」

厳格なモンテッキ夫人のイメージが、ガラガラと音を立てて崩れていく。

私はモンテッキ夫人を前にしても帽子や眼鏡を外さず、頭すら下げなかった。

いい愛人ですらないのに、大歓迎されるなんて。

「ジルさん、あなたにはバルトロマイの隣の部屋を用意したわ。自由に使ってね」

それから、必要なドレスや宝飾品などがあれば、いつでも相談してほしい、と優しく声をかけてくれた。

バルトロマイは一刻も早くここから出て行きたいようで、私の手を握って部屋から撤退する。

手を繋いだまま、私のために用意されていた部屋に誘われた。

「ここがジルの部屋だ」

「わっ——！」

白で統一された美しい部屋で、うっとりと見入ってしまう。

「あそこにある扉は、俺の部屋と続いている。好きなときに出入りしてくれ」

「まあ……わかりました」

部屋にはリボンが結ばれた箱がいくつも積み上がっていた。

「あの、バルトロマイ様、こちらは？」

「おそらく、母からの贈り物だろう」

カードが挟まっていて、〝バルトロマイの愛人さんへ〟と書かれてあった。どうやら私のために用意された品々で間違いないらしい。

「えーっと、え――っと、わたくし、もしかして大歓迎されています？」

「みたいだな」

どうしてこうなったのか、と心の中で頭を抱えてしまった。

「家族のことは気にしないでくれ。たぶん、会いたいと望んでくるのは母だけだろうから」

愛人という立場上、バルトロマイの父親であるモンテッキ公爵は会わないだろう、とのこと。それを聞いて安心する。

「母についてもすまなかった。病弱であるはずなのに、昔から元気で」

「明るく朗らかなのは、すばらしいことです。バルトロマイ様との仲を反対されるものとばかり思っていたので、その、優しくしていただいて驚きましたが」

モンテッキ夫人や使用人達の様子はバルトロマイも想定外だったらしい。眉間に皺を寄せ、「愛人を歓迎するほど普段から心配かけていたとは」と呟いていた。

何はともあれ、無事にモンテッキ家に潜入できた。あとは調査をするばかりである。

「ジル、何か気になったことはあるか?」

「先ほどお聞かせいただいた、聖剣が気になりますわね。何か資料はございますの?」

「ここには何も――いや、ある」

それは文献ではなく、絵画らしい。

「父の執務室に飾ってある絵に、聖剣が描かれていたはずだ」

モンテッキ公爵はめったに家に戻らないため、いつでも見ることができるようだ。

「お見せいただけますか?」

「わかった」

バルトロマイの誘導で、モンテッキ公爵の執務室を目指す。

とてつもなく広い家なので、部屋から部屋への移動距離も長い。歩くこと五分、やっとのことで到着する。

モンテッキ公爵の執務室は両壁一面に本が収められており、執務机の背面となる壁には聖剣が描かれた絵画が飾られていた。

見上げるほどに大きく、圧倒される。

「こちらが聖剣の――」

それは、板金鎧の騎士が発光する剣を握り、黒く塗りつぶされた竜と、それに跨がる六枚の黒い翼を生やした美貌の青年に対峙する絵だった。

「黒い竜は、邪竜、なのでしょうか？」

「おそらく、そうなのだろう」

黒い翼を生やした美貌の青年が、悪魔なのだろうか。よくわからない。

「黒とはいえ、あれは神の使いである、天使の羽によく似ているような気がします」

「言われてみればそうだな」

モンテッキ家が聖剣を持って敵対していたのは、カプレーティ家の悪魔であるはずである。それなのに、邪竜まで描かれていた。

これが意味することはいったい――？

「あ、邪竜と青年の背後に、女性の姿が描かれていますね」

「あれはおそらく、〝聖女〟だろう」

「聖女、ですか」

なんでもその昔、クレシェンテ大聖宮には聖なる象徴として、聖女と呼ばれる女性がいたらしい。

聖女は神に愛された存在で、奇跡の力が使えたという。

しかしながら、聖女は突然失脚し、代わりに教皇が現れた。

「それ以降、聖女が表舞台に上がることはなくなったと言う」

聖女は教皇庁にとって、隠したい存在らしい。そのため、現代には伝わっていないようだ。

かつて、モンテッキ家は悪魔が恐れる聖剣を手にしていた。けれども、その聖剣は何者かに盗まれ、モンテッキ家はカプレーティ家に勝つ術(すべ)を失ってしまう。

聖剣は二百年間ずっと行方不明のまま。今では実在していたのかすら怪しいと囁かれているようだ。

「考えれば考えるほど、カプレーティ家が聖剣を盗み出したとしか思えませんね」

ただ、私がどこを探しても、カプレーティ家に聖剣はなかった。

疑われた当時の当主は激しく憤り、長期にわたる戦いをモンテッキ家に仕掛けるほどだったという記録が残っているらしい。

「カプレーティ家以外の者が盗んで、どこかに保管していたとしたら、その目的はなんなのでしょうか？」

バルトロマイは腕を組み、眉間に皺を寄せる。

「もう少し、いろいろと調べたほうがよさそうだ」

「そうですわね」

執務室から出て行こうとしたら、扉が開かれる。そこから入ってきたのは、騎士隊の制服に身を包んだ、四十代くらいの男性。眼光は鋭く、立派な髭（ひげ）を蓄え、ただその場にいるだけで威圧感を与えるような人物であった。

私のことなんて気にも留めていないのに、冷や汗をかいてしまう。

「バルトロマイ、帰ってきていたのか？」

「父上」

彼が父と呼ぶ存在は、モンテッキ公爵しか存在しない。

めったに家に帰らないはずのモンテッキ公爵が、よりによって今日、現れるなんて。運が悪いとしか言いようがない。

私は即座にバルトロマイの背後に隠れる。

「ここで何をしていた?」

「モンテッキ家に伝わる宝を、彼女に紹介して回っていました」

「そうか」

モンテッキ公爵が近付き、隠れていた私を覗き込んでくる。

口元には弧が描かれているのに、目はまったく笑っていなかった。

「なんとも美しい。バルトロマイ、彼女を紹介してくれないか?」

「彼女は――親しい関係にある、ジルです」

「バルトロマイ、お前が女性を家に連れ込むとは、奇跡のようだ」

モンテッキ公爵は一見すると私を受け入れるような様子で挨拶してくれる。

ただ、油断ならない人物というのは、ヒシヒシと感じていた。

それにしても、まさか話しかけてくるなんて想像もしていなかった。

愛人である以上、接触してこないだろう、とバルトロマイは言っていたのだが……。

この反応を見るに、父親もまた、よほど息子に女性の影がなかったことを心配していたに違いない。

モンテッキ家の嫡男である彼は、結婚して跡取りを産む女性を迎えないといけない。そのため、周囲の人達はやきもきしていたのだろう。

「はて、どこかで会ったことがあるような」

もしかしたら夜会で私を見かけた記憶でも残っているのかもしれない。

ここで、私がカプレーティ家の娘だとバレるわけにはいかなかった。

また顔を覗き込んできたので、バルトロマイの上着をぎゅっと握る。すると、バルトロマイが話を逸らすように、

「父上、この絵画について、何かご存じですか？」

「〝神聖戦争〟についてか？」

この絵は、神聖戦争というタイトルが付いているらしい。いつ、どこで描かれたというのはわかっていないようだが、モンテッキ家にある絵画の中でもっとも古いもののようだ。

「これはたしか痴情のもつれ、だったような」

「はい？」

「ひとりの女性を、たくさんの者達が争っていた、という絵だと伝わっている」

バルトロマイはポカンと口を開け、信じがたいという視線でモンテッキ公爵を見つめていた。

「奥に女性が描かれているだろう？　彼女がとてつもない美人で、皆、好意を寄せるようになってしまったようだ。かつての当主も、きっと惚れていたのだろう」

カプレーティ家とモンテッキ家の戦いのきっかけは、痴情のもつれだった？

そんなばかばかしいことがきっかけで、前世の私達は心中しなければならなかったのか。それを

思うと、呆れたような、くだらないような、残念な気持ちになる。

バルトロマイは額に手を当てて、深いため息を吐いていた。きっと、今の話は聞かなかったことにしたいのだろう。

「父上、ここに描かれた聖剣について聞きたいのですが。聖剣は本当に実在すると思いますか？」

「それについては、聖剣を巡ってカプレーティ家と二百年ほど前に、盗んだ、盗んでいないで揉めたという話を聞いたことがあるが、どうだか……」

「どう、というのは？」

「もともと聖剣なんて存在しておらず、うちが盗まれたと勝手に主張した、なんてことも考えられる」

そもそも聖剣が実在しないのであれば、どこを探しても見つからないはずだ。

争いの種を作るために、言いがかりをつけた可能性もあるというのだ。

「あまり詳しくなく、申し訳ない」

「いえ」

この絵画には深い意味がありそうだ。

じっと見上げていたら、モンテッキ公爵が話しかけてくる。

どっしり構えるような様子を見せながらも、瞳は何か探っているように見えた。思わず身構えてしまう。

「ここへは好きなだけいてもいい」

「は、はい。ありがとうございます」

モンテッキ公爵は執務机に置かれていた書類の束を掴むと、何も言わずに出て行った。

ぱたん、と扉が閉められると、ホッと胸をなで下ろした。

残された私達は、無言で神聖戦争の絵画を見上げる。

「バルトロマイ様、この絵画は、問題を解決する大きな鍵になりそうですね」

「ああ、そうだな」

思いがけず、大きなヒントを得てしまった。


食事は侍女が部屋に運んできて、ひとりで食べる。

やっと愛人らしい扱いになってきたな、なんて思っていたら、バルトロマイもひとりで食べていることを知った。

なんでも毒の混入を警戒し、誰かと食べないようにしているらしい。

食後、バルトロマイと揃ってモンテッキ夫人から呼び出しを受ける。

何かと思いきや、一緒にお喋りしたかったらしい。

紅茶やお菓子、お酒やつまみなどが用意されていて、遠慮なく食べるようにと言われる。

「あの、母上、ひとつよろしいでしょうか?」

「あら、何かしら?」

「普通、愛人として連れてきた女性を、ここまで歓迎しないものなんです。いったい何をお考えなのでしょうか？」

「世間様は厳しいことをなさるのね。かわいそうに。別に、深い意味はないわ」

想定外の答えに、バルトロマイは険しい表情を浮かべている。

「母上は、父上が愛人を連れてきた場合も、このようにもてなすのですか？」

「どうかしら？　それはそういう状況にならないと、わからないものだわ。今回の場合は、あなたがジルさんを連れてきてくれてとても嬉しかったから、みんなで仲良くなりたいと思ったの」

バルトロマイは付き合っていられない、と思ったのか、ワインを開封し、デキャンタージュをせずに飲み始めた。暗殺を警戒しているので、執事に任せないのだろう。

「ジルさん、甘い物はお好き？」

「え、ええ」

「このチョコレート、とってもおいしいの。たくさん召し上がってね」

「ありがとうございます」

これが前世だったら、私は涙を流して喜んでいただろう。

私達は容姿や生まれる家などに変わりはなかったが、周囲の人々の考えや状況は変わっているのかもしれない。

ただ、ここまでモンテッキ夫人が友好的な態度なのは、私がカプレーティ家の娘とは知らないからだろう。

それを思うと、胸がちくりと痛んだ。

「ジルさんにひとつお願いがあって、叶えていただけるかしら？」

「わたくしにできることであれば、なんでもおっしゃってください」

いったい何を頼むというのか。微笑みを浮かべているつもりだが、心の中では最大限の警戒をしてしまう。

バルトロマイは先ほどから、ワインをひとりで一本空けてしまうのではないか、という勢いでごくごく飲んでいた。

「ジルさんには、バルトロマイの子を産んでいただきたいのです」

モンテッキ夫人がそう口にした瞬間、バルトロマイは飲んでいたワインを気管に詰まらせたようだ。激しく咳き込み始める。

「げほっ、げほっ、げほっ‼」

「まあ、バルトロマイ様、大丈夫ですの？」

背中を摩ってあげたが、ふと視線を感じてモンテッキ夫人のほうを見る。

真顔でこちらを見ていた。先ほどの発言は冗談ではなく、本気なのだろう。

「ジルさん、いかがですか？」

「母上、何を言っているのですか！」

「バルトロマイ、あなたは黙っていなさい‼」

ぴしゃりと注意され、バルトロマイは叱られた子犬のような表情を浮かべる。

「もちろん、無償とは言いません。もしも子どもを産んでくれるのであれば、男女問わず、生まれた子が暮らしに困らないほどの報酬を与えましょう。もちろん、この子の妻になりたい、と望むのであれば、こちらは喜んで応じます」

破格の待遇に、言葉を失ってしまう。

「あの、どこの誰かもわからないわたくしを、バルトロマイ様の妻として、認めるというわけですか？」

「ええ。あなたはバルトロマイが選んだ娘だから、間違いないでしょう」

それを耳にした瞬間、涙が溢れてしまう。

前世で言われていたらどんなに嬉しかったか。

「あらあら、どうしましょう」

「母上、彼女にそのような提案をするなんて、あんまりです。跡取りについては、傍系の子を養子に迎えればいいとお話ししましたし、父も納得していたでしょう」

「そうだけれど、私はあなたの子をこの胸に抱きたいのよ‼」

ここで、男女問わずと言っていた意味を理解する。

モンテッキ夫人は跡取りが欲しいのではなく、孫を迎えたいだけなのだ。

それならば、重たく考えなくてもいいのかもしれない。

「あの、モンテッキ夫人、そういうのは、相性もありますので、なんとも言えないのですが――神様が子を授けてくれるのであれば、わたくしは産みたいと思っています」

「まあ！」

ガチャン！　とガラスの割れる音が響き渡る。

バルトロマイが手にしていたグラスを、大理石の床に落としてしまったようだ。

「本当に？　ジルさん、いいの？」

「バルトロマイ様次第ですが、わたくしは問題ありません」

子どもを産むというのは、前世で叶えられなかったことだ。

もしもバルトロマイが望むのならば、叶えてあげてもいい。

私がしてあげられる、唯一のことだろう。

モンテッキ夫人は私のほうへやってきて、手を握って喜んでくれる。

「ジルさん、ありがとう！　本当に嬉しいわ！」

「まだ何もしていないのに、そのように喜んでいただけるなんて……」

その日の晩はモンテッキ夫人と楽しくお酒を飲み、泥のように眠る。

ワイングラスを割ってしまったバルトロマイがどうなったかは、記憶に残っていなかった。


「――くっしゅん！」

暖炉に火は入っているだろうが、朝方は冷え込む。

毛布はどこかへ蹴飛ばしていたようで、すぐ近くにはない。

意識がハッキリしない中、起き上がるかどうか迷っていると、ふんわりと毛布がかけられる。

「……ばあや、ありがとう」

視界の端に映った手をぎゅっと掴み、頬にすり寄せる。

「んん？」

いつもの、皺が刻まれたやわらかい手と触り心地が大きく異なる。

ごつごつしていて、硬くて大きな手だった。

ばあやの手ではない。それに気付いた瞬間、ハッと目覚める。

薄暗い中、私を覗き込む大きな体の持ち主は、手を取られて硬直しているようだった。

「バ、バルトロマイ様、ですよね？」

「そうだが」

慌てて手を離し、飛び起きたものの、頭がズキンと痛む。

「うう」

「まだ無理に起きないほうがいい。遅くまで母と酒を飲んでいたので、酔いが抜けきっていないのだろう」

「も、申し訳ありません」

バルトロマイがカーテンを広げると、太陽の光がさんさんと部屋へ差し込んでくる。

どうやらすでに、朝と言えるような時間帯ではないらしい。

このカーテンの遮光性は大変すばらしく、勝手に朝方だと思っていたようだ。

「あの、今、何時くらいですの？」

「昼過ぎだ」

なんて失態を晒してしまったのか。やってきた初日に、我を忘れるほどお酒を飲んで酔い潰れるなんて。

「勝手に寝室に入るのもどうかと思ったのだが、なかなか起きてこないからと、母から様子を見てくるよう頼まれてしまい」

「そ、そうだったのですね」

私がこの屋敷の者であれば、侍女が様子を見に来ただろう。

おそらく客人という立場なので、私ともっとも親しいバルトロマイに頼んだに違いない。

「モンテッキ夫人はもう起きられているのですね」

「母は酒に強いだけだ。しこたま飲んでも、翌日にはケロッとしている」

法律で十六歳からの飲酒が認められているとはいえ、俗世を離れる覚悟を決めている私がお酒に飲まれてしまうなんて、あってはならないことだ。

今後は、なるべくお酒は口にしないようにしよう。そう心に誓った。

「ジルには感謝しないといけない」

「わたくしに？」

「ああ。あのように楽しげに酒を飲む母を、初めて見た気がするから」

「申し訳ないことに、わたくし、まったく覚えていませんの」

「別に、大した話はしていなかったから、問題ないだろう」

「そ、そうだったのですね」

私はほとんど聞き手に回っていたようで、ほぼモンテッキ夫人が喋っていたらしい。

酔っ払った挙げ句、自分の正体を明かしたわけではないと聞き、ホッと胸をなで下ろした。

「わたくし、どうやって寝室に帰ったかも覚えていませんの。部屋の位置もまともに覚えていないのに……」

ふと、記憶が甦る。

昨日の晩——揺り椅子に座っているみたいに、ゆらゆらと心地よく運ばれていた。

安定感のある腕に抱かれ、ゆっくりと寝台に下ろしてもらう。

最後に大丈夫かと問いかける声は、低くてぶっきらぼうだが、不思議と優しい響きで——。

「あの、わたくしをここまで運んでくれたのは、バルトロマイ様、ですよね？」

「まあ、そうだな」

「そ、その節は、ご迷惑をおかけしました。心から感謝しております」

「気にするな」

深々と頭を下げる。

とここで、寝間着をまとっていることに気付いた。昨晩はドレスを着ていたはずなのに、どうして？

「あの、あの、まさか、お着替えもしてくださったのですか？」

「それは俺じゃない。侍女に頼んだ」

「で、ですよね！　何から何まで、ありがとうございました」

バルトロマイは気にするな、とばかりに頷き、部屋へと戻っていった。

は————っと深く長いため息を吐いてしまう。

入れ替わるように侍女がやってきて、お風呂の準備ができたがどうするか、と聞いてくる。自己嫌悪に陥る時間はないようだった。

◇　◇　◇

バルトロマイは私の様子を確認するなり、出勤していったらしい。帰るのは明日の朝になるようだ。その間、私は完全放置である。

時間を持て余すと、ついつい考え事をしてしまう。

思いがけず歓迎された挙げ句、モンテッキ夫人から優しくされ、子どもを産むという宣言までしてしまった。

このままバルトロマイの愛人としてここで暮らすのもいいのかもしれない、なんて思ってしまうくらいである。もちろん、あってはならないことだと理解はしているが。

太陽の光が優しく差し込み、眠気が押し寄せる。このまま眠れたら、とても気持ちがいいだろう。

まどろみはじめたタイミングでアヴァリツィアが姿を現し、ニヤニヤしながら話しかけてきた。

『なんだよ、お前。やっぱり、あいつのことを諦めきれてないじゃないか』

「あなた、本当に嫌なタイミングで出てきますのね」

『悪魔だからな！』

「昨日は聖剣の話を聞いて、縮こまっていたくせに」

『当たり前だろうが！　悪魔は聖剣に触れただけで消滅させられてしまう。恐ろしいに決まっているだろう』

アヴァリツィアの主張を聞き、ふと気付いた。

「聖剣は実在していますの？」

『してるに決まっているだろうが！　ああ、考えただけで寒気がする！』

「今、どこにあるのか、ご存じないですよね？」

『そんなの、この俺が知っているわけがないだろうが！』

聖剣はこの世のどこかにあるらしい。いったい誰が所有しているというのか。気になってしまう。

『お前、聖剣を探し出して、俺を退治するつもりじゃないだろうな？』

「そのようなことは考えておりません」

盗み出した犯人や、目的については気になるところだが、アヴァリツィアを倒そうだなんて欠片も想定していなかった。

『怪しいぜ』

「はいはい」

明日の朝までバルトロマイは不在なので、書斎の本でも読もうか。

なんて思っているところに、モンテッキ夫人からお茶の誘いを受ける。

それから楽しくお喋りをしてしまい、一日はあっという間に終わったのだった。

夕食はモンテッキ夫人と一緒にいただいた。

愛人ごときが図々しいのではないか、と思いつつも、好意に甘えてしまう。

モンテッキ夫人だけでなく、侍女や家令といった使用人達も皆親切で、過ごしやすい空間を作ってくれる。

それは嬉しいことなのに居心地が悪く思ってしまうのは、ジルと名乗り、嘘を吐いてこの場にいるからだろう。

ジュリエッタ・カプレーティとして、バルトロマイの婚約者としてこの場にいられたら、どんなに幸せか。それればかり考えてしまう。

結局アヴァリツィアの言う通り、私は彼のことを完全に諦めきれていないのだろう。

未練たらたらで、一緒にいればいるほど、好きになってしまう。

「アヴァリツィア、わたくし、どうすればいいと思う？」

なんて声をかけても、返事はない。肝心なときには、姿を現してくれないようだ。

今日は早めに布団に潜る。

お昼過ぎまで眠っていたというのに、夜になると眠気に襲われるから不思議なものだ。

瞼を閉じると、深い眠りに誘われる。

『ジュリエッタ……ジュリエッタ……』

「ううん」

聞き覚えのある声を耳にし、目覚める。

すると周囲に濃い靄が漂い、ギョッとしてしまった。

その瞬間、ずり、ずりと体が引きずられていくのがわかった。

寝台に〝何か〟がいる⁉

すぐさま私は布団の下に入れていた聖水の瓶を取り出し、足元に向かって振りかける。

すると、引きずられていく感覚が消え、何かの気配や靄もきれいさっぱりなくなった。

「な、なんですの⁉」

アヴァリツィアに出てくるように命じると、しぶしぶ、といった様子で現れる。

『遅い時間に呼び出すのは、勘弁してくれよー』

「そんなのんきなことをおっしゃっている場合ではありません！　今、悪魔がいましたよね？」

『あー、なんかいたなー』

「どうして何も教えてくれませんでしたの？」

『いや、悪魔同士は干渉しないようにしてるって、前に言っただろうが』

服従関係にあると言っても、主人を助けようという気持ちはこれっぽっちもないらしい。

アヴァリツィアには何も期待していなかったものの、襲われているところを傍観していたなんて、
呆れて言葉も出ない。

先ほどの悪魔は、いったいなんだったのか。

アヴァリツィアよりも確実に大きく、私の寝間着の裾を噛みついて引っ張っているようだった。以前見かけた、イラーリオの悪魔とも異なるような気がする。

「ああ、もう、気持ちが悪い！」

バルトロマイがいない日に限って、襲撃を受けてしまうなんて。

瓶に残っていた聖水を振りかけ、横になる。目を閉じたけれど、眠れそうになかった。

仕事から戻ってきたバルトロマイに、話があると言って時間を作ってもらう。

昨晩、悪魔の襲撃を受けたと打ち明けると、とてつもなく驚いていた。

「なぜ、うちに悪魔が？　それに、カプレーティ家の娘であるジルを襲う理由が理解できない」

「ええ……」

ただ、昨日のは襲われたというより、連れて行こうとしていた、と言い表すのが正しいのかもしれない。

もしかしたら父が悪魔を使役し、私を家に連れて帰ろうとした可能性もある。

けれどもフェニーチェ修道院に私がおらず、モンテッキ家に身を寄せていると知っているのなら、まず誘拐されたと訴えるだろう。

「いったい誰が、なんの目的で悪魔をわたくしのもとに遣わしたのか、まったくわかりません」

ただひとつわかったことは、バルトロマイの命を狙っていたのが、悪魔である可能性が高くなった、という点だ。

「暗殺されそうになったとき、靄が濃くなった、とか何か不吉な気配があった、とか、覚えていませんの？」

「靄について注意深く意識するようになったのは、ジルから悪魔の話を聞いてからだ。それ以前は、あまり気にしていなかった」

バルトロマイにとって、靄はごくごく普通に目に見えるものだったという。そのため気にも留めていなかったらしく、悪魔の仕業だったと断言はできないようだ。

「バルトロマイ様には、こちらをお分けしておきます」

聖水が入った瓶を、彼に手渡しておく。

「これはなんだ？」

「聖水ですわ」

悪魔を退ける力を持つ聖なる水である。私は聖水の作り方を前世で学んでいたようで、量産を可能としているのだ。

「もし濃い靄を発見したときは、おそらく悪魔本体ですので、これを振りかけてくださいませ」

作り方は簡単だ。精製水に月光を浴びせ、神木で炙(あぶ)った塩をほんの少し混ぜるだけだ。

なぜこれだけで悪魔を退けることができるのかは謎であるが、たしかな効果はある。

「夜も、なるべく一緒にいたほうがいいいな」

「ええ、そうですわね――え？」

「どうせ襲撃を受けるのであれば、そのほうがいい」

「つまり、同じ寝台で眠る、ということですの？」

「そうだが」

なぜ、そうなる!?

調査がおかしな方向へ転がりつつあった。

だが、どうやらバルトロマイは本気らしい。

悪魔が現れた際、戦いを挑むには、彼がいたほうがいいのだろうが……。

「どうした？」

「い、いいえ、男性と一夜を明かしたことなどないので、少し戸惑っているだけです」

バルトロマイは意外だと言わんばかりに目を見開き、ぐっと接近してくる。

「俺の子を産んでやる、と言っていたのに、共寝（ともね）は難しいと言うのか？」

「そ、それについては、忘れてくださいませ！」

振り返って考えると、バルトロマイの子を産んでもいいだなんて、ずいぶんと上から目線だった。

あのあと、バルトロマイはまったく話題に出さなかったので、特に気にしていないと決めつけていたのだ。

「あの発言のせいで、あの日の晩はよく眠れなかったというのに、忘れられるわけがないだろうが」

「本当に、申し訳ありません」

バルトロマイは私の手を握り、身をかがめてじっと顔を覗き込んでくる。

「俺も母も、しっかり覚えているから、覚悟をしておけ」

「か、覚悟ですか⁉」

「そうだ。自分の発言には、責任を取ってもらう」

手を振り払って後退したいのに、強い瞳に見つめられ、身動きが取れなくなってしまう。

「ジル、お前は近付いたかと思えば、手を伸ばした瞬間に逃げるような挙動を繰り返していた。俺が追いかけたら、二度と会えないような気がして深追いしなかったが、もう遠慮はしない」

バルトロマイは私を引き寄せ、胸の中に閉じ込める。

そして、耳元で言い聞かせるように囁いた。

「もう、逃がさないからな」

――捕まってしまった。そう、瞬時に自覚する。

逃れられないと思って危機感を抱くのと同時に、囚われて喜ぶ私が同時に存在していた。

なんて愚かなのだろうか。

あれほど、彼と一緒にいたら、また悲劇を引き起こしてしまうと自分に言い聞かせていたのに。

「わたくしがあなたの傍にいたら、不幸になりますのに」

「それはジルがカプレーティ家の娘だからか？」

頷いて見せると、バルトロマイは私から離れ、両手で頬を包み込むように触れてくる。

「不幸になんて、絶対にならない。そのために俺達は今、調査を重ねている」

そうだ。愛だけを信じて駆け落ちしようとしていた前世の私達とは違う。

カプレーティ家とモンテッキ家が抱える問題を解消させ、ふたりが手と手を取り合い、幸せになる未来を目指しているのだ。

「ジル――ジュリエッタ、どうか、俺と共に生きてくれ」

「わたくしで、よろしければ」

「お前しかいない」

熱い気持ちがこみ上げてくる。今、こんなに幸せな気持ちを手にしていいものなのか。

眦（まなじり）に涙が溢れ、ぽろりと零れていく。

バルトロマイは止めどなく流れる涙を、優しく拭ってくれた。

彼を見上げ、一言、想いを告げる。

「バルトロマイ様、お慕いしております」

その言葉に応えるように、バルトロマイは口づけを返してくれる。

全身に熱を帯び、ふわふわするような、不思議な気分を味わう。

心は満たされ、私の中にあったほの暗い感情が一瞬で浄化されたような気がした。

彼も同じ気持ちだったら嬉しい。

そう思って顔を見上げたら、バルトロマイが眉間に皺を寄せていた。

「うっ」

「バルトロマイ様――？」

突然、彼は私から離れ、頭を抱えて苦しみ始める。

「どうかなさいましたの⁉」

「ううう、あああああ‼」

医者を呼びに行こうか、と一歩踏み出そうとした瞬間、バルトロマイが私の手を握って制する。

「ジル、ここに、いてくれ」

「し、しかし」

「大丈夫だから」

医者は必要ない。その言葉を信じ、彼の手を握って待つ。

苦しみは次第に和らぎ、眉間の皺も解れた。

息を整えたバルトロマイは顔を上げ、盛大なため息を吐いた。

そして、思いがけない一言を口にする。

「ジル、お前が俺から逃げようとしていた理由が、今、わかった」

「え？　それはどういう――――」

「記憶が戻った」

「なっ⁉」

なんでもキスをきっかけに、バルトロマイの前世の記憶が戻ったと言う。

そして一番疑問に思っていただろうことを問いかけてくる。

「なぜ、お前は乳母や薬師と結託して、あんな愚かな計画を立ててくれたんだ」

「……当時のわたくしは、あなたと幸せになるためには、それしかないと信じて疑わなかったのです」

「死を偽装せずとも、他に方法があったはず。俺はお前が死んで、フェニーチェ修道院の石廟に運ばれたと聞いたとき、どれほどの絶望を抱いたか、わからなかっただろうが」

バルトロマイに前世の記憶がないと気付いた当初は、とても悲しかったのを覚えている。

けれどもこうして記憶が戻った彼を前にすると、ないほうが幸せだったのではないか、とも思ってしまった。

「本当に、思慮が足りず、愚かな行為をしたと、思っています。生まれ変わる前のわたくしは、ふたりが一緒にさえいれば、何も問題ないと、信じて疑わなかったのです。でも今は、違います。前世とは別の道を歩むために、バルトロマイ様と距離を取るようにして、絶対に好きになってはいけないと自らを戒め、遠ざけていたのに――いつの間にか、深く愛しておりました」

きつく蓋をしていた感情が溢れ、バルトロマイにぶつけてしまう。

すると彼は、私を引き寄せ、強く抱きしめた。

「ジル、お前を責めているつもりはなかったんだ。すまなかった」

バルトロマイは思い込みで命を絶ってしまった、前世の自分自身に苛立っていたと言う。

「思慮が足りず、愚かな行為をしたのは俺のほうだ。仮死状態のジルを見て、死んだと勘違いしてしまい――」

バルトロマイは額に手を当て、眉間に皺を寄せる。

「俺は、どうやって自死した？」

「毒、ではありませんの？」

「違う。もっと別の方法で死んだはずだ」

どうやら、バルトロマイの記憶は完全に戻ったわけではないようだ。


それからというもの、バルトロマイは何かに取り憑かれたかのように、私の絵を描き始める。心を落ち着かせるためには、これが一番らしい。

「ジル、視線はこっちだ」

「バルトロマイ様をじっと見つめ続けるのは、とても恥ずかしいんです」

「なぜ、恥ずかしくなる？」

曇りのないまっすぐな目で見ながら問われ、言葉に詰まる。

こういうときは隠さず、本当の気持ちを打ち明けたほうがいいのだろう。

「バルトロマイ様がとてもすてきだからです」

「なるほど、そういうわけか」

あろうことか、バルトロマイはキャンバスから目を逸らさずに言葉を返した。

彼からすれば、私の羞恥心などお構いなしなのかもしれないが……。

「では、今描いている表情は、俺にしか描けないものなのだろうな。完成したら、誰にも見せずに厳重に保管しておこう」

「あの、誰にも見せないって、なんのために描いているのですか？」

「自己満足だ。この絵は、他人の心を癒やすためには使わせない」

絵画を飾る専用の部屋でも作ろうか、なんて呟いていたが、勘弁してほしい。

「前世では、父に絵の趣味がバレて、さらにジルを描いていたことを責められて、本当に大変な目に遭った」

「ええ」

前世のモンテッキ公爵は残虐(ざんぎゃく)なお方だったが、今世のモンテッキ公爵は前世ほどではないような気がする。愛人にも理解を示してくれているような気がしてならないのだが。

ただ、表面上は問題ないように見えても、中身はわからない。

この辺も慎重にならなければいけないのだろう。

あっという間に夜が更けていく。

バルトロマイは食事をし、湯を浴びてからも筆を執って私の絵を描き続けていた。

そんなに没頭してしまうほど、前世の記憶が戻ったことが精神的なダメージになっているのだろう。けれどもこれ以上続けたら、体を壊してしまう。

「バルトロマイ様、そろそろ休みましょう」

「あと少し」

「今日、一緒に眠るんですよね？」

耳元でそう囁くと、忙(せわ)しなく動いていた手がぴたりと止まる。

「忘れていた」

「では、参りましょうか」

共寝なんて恥ずかしくてたまらないのに、私から誘ってしまった。あまりにも熱中して絵を描くので、止めるためには仕方がないのだ。

一度は夫婦の契りを交わし、夜を共に過ごした関係である。

けれどもそれから百年経っているので、とてつもなく新鮮な羞恥心が湧き上がってきていた。

寝室の灯りは即座に消し、ガウンを脱いで布団の中へと潜り込む。

バルトロマイも隣に寝転がっていた。

「ジル、寒いから、もっと近くに寄れ」

「い、いいえ、わたくしは別に寒くはないので」

「別に取って食うわけではないから、安心しろ。結婚するまでは、何もしないから」

その言葉を信じ、バルトロマイのほうへ近付くと、優しく引き寄せられる。彼の胸の中にすっぽりと収まってしまった。

「やはり、体が冷え切っているではないか」

「バルトロマイ様はとても温かいですね」

「これが普通だ」

どうやら私は、彼からすれば信じがたいほどの冷え性らしい。布団に入ったのに、いつまで経っても体が温まらない、というのはありえないようだ。

「このようにお傍にいてドキドキして落ち着かないのに、どこかホッとしているわたくしもおります。果たして、眠れるのでしょうか？」

「安心しろ。俺も似たような状況だから」

バルトロマイは私の背中を優しく撫でてくれる。瞼を閉じると、眠気に襲われた。

まさか、こんな単純な寝かしつけに落ちてしまうなんて――と考えている間に、意識が遠のいていく。

そうしてそのまま深い眠りに誘われたのだった。

『ジュリエッタ……ジュリエッタ……』

「う……ん」

『ジュリエッタ……ジュリエッタ……下着を、下着を見せてくれぇ』

「なっ、きゃあ‼」

妙な声が聞こえ、目を覚ますと、目の前に角を生やした黒い馬が、鼻息荒い様子で私を見下ろしていた。

『ジュリエッタ、はあはあ』

「な、なんですの⁉」

私の声に反応し、バルトロマイが目を覚ます。

「ジル、どうした⁉」

「馬の悪魔が、すぐ近くにおりますの！」

暗闇の中だからか、バルトロマイの視界には靄すら見えないらしい。

『げえ、男じゃん！　くそ、絵の具の臭いのせいで、男がいることに気付いてなかった！』

「あなたは、何者ですの⁉　何をしに、ここを訪れたというのですか⁉」

ダメもとで問いかけたのだが、馬の悪魔は答えてくれた。

『ジュリエッタ、お前の下着を見に来たんだ‼』

「なっ」

馬の悪魔がそう答えたのと同時に、バルトロマイが剣で斬りかかる。

『ぎゃあ！　こいつ、何をするんだ！』

「邪悪な気配を感じた」

私以外の誰かと契約している悪魔だからなのか、バルトロマイの目にははっきり正体が見えないようだ。

「バルトロマイ様、右下のほうです！」

私の指示通りに斬りかかったが、馬の悪魔は寸前で回避していた。

『あ、危なっ！　こいつ、よくよく見たら、殺さないといけない男じゃないか！』

「やはり、あなた方悪魔が、彼の命を狙っていたのですか⁉」

『ご主人様の命令だからな！』

途中、馬の悪魔はぶつぶつと呪文を唱える。黒い靄が生じ、バルトロマイを襲った。

「うっ――――！」

その場に倒れたので覗き込んだら、彼はすーすーと寝息を立てて眠っていた。

どうやら、この悪魔は強制的に相手を睡眠状態にできる能力を持っているようだ。

「バルトロマイ様、起きてくださいませ！」

頬をばんばん叩いても、目覚めようとしない。

『ジュリエッタ……ようやくふたりっきりになれたな。ほら、下着を見せるんだ』

「き、気持ち悪い‼」

そんな言葉を返すと、馬の悪魔は急に苦しみ始める。

いったいどうしたというのか。

『あああ、そういう言葉、もっとよこしてくれ！』

「えっ」

『とても心地よい言葉だ』

「バカなことを、おっしゃらないでください」

『もっと、もっとゴミのように、乱暴に扱ってくれ』

「……」

これは時間稼ぎだ。そう言い聞かせ、渾身(こんしん)の罵声を浴びせる。

「わたくしに近付かないでくださいませ、この、色欲の権化が‼」

『あああああああ‼』

馬の悪魔が悶えている間に、私は聖水を手に取って口に含む。それを、口うつしでバルトロマイに飲ませた。

「うっ――――!」

バルトロマイは目を覚まし、瞬時に起き上がる。

「俺はいったい?」

「馬の悪魔の能力で、眠らされていたようです」

「そうだったのか」

部屋の灯りを点すと、寝台の上に倒れ込み、荒い呼吸を繰り返す馬の悪魔の姿が確認できた。早くも消したくなったが、耐えるしかない。

「これが、悪魔か」

「バルトロマイ様にも見えますの?」

「ああ」

バルトロマイが目視できる悪魔は、私と契約した者のみだと思っていたのだが、もしかして違ったのだろうか?

馬の悪魔は顔だけ起こし、私を見る。そして次の瞬間には、とんでもない宣言をしてくれた。

『これで、俺はお前の僕だ』

「な、何をおっしゃっていますの？」

『お前は俺の正体を、見破ったからな』

「はい⁉」

馬の悪魔は自らを名乗る。色欲の悪魔、ルッスーリアだと。

ギラギラに輝く瞳で私を見つめる馬の悪魔改め、色欲の悪魔ルッスーリアは、私に服従させられた状態にあると宣言している。

「そ、そんな！　わたくしはあなたの正体を見破った覚えはありません」

『熱烈に、この色欲の権化が！　と罵ったではないか！』

「誤解ですわ！」

こんな変態悪魔との契約なんて望んでいない。そう訴えても、ルッスーリアは聞く耳など持たないようだ。

もうどうしようもない状況なのだろう。悔しいけれど、諦めるしかない。

バルトロマイに悪魔が見えるようになった理由も、やはり契約を交わしたからだったようだ。

開き直って、ルッスーリアに質問を投げかける。

「あなたはどういった悪魔なのですか？」

『下着が大好き』

「趣味について聞いているのではありません！」

能力について答えてほしい。そう尋ねたのに、私の下着を見せてくれ、などとふざけたことを言ってくる。

「おい、真面目に答えろ」

バルトロマイが剣を抜き、ルッスーリアの首筋に刃を当てる。

すると、軽い悲鳴を上げつつ、自らの能力について語り始めた。

『俺は世界各地の寝台の上ならば、どこでも行き来できる、万能の悪魔だ』

「なるほどな。だから、命を狙われるのは、決まって寝室だったのか」

さらに強制的に入眠させ、記憶を操作することも可能としているらしい。

続けて、込み入った質問をしてみた。

「これまでどなたに取り憑いていて、誰の指示でバルトロマイ様の暗殺を目論んでいたか、答えていただけますか？」

アヴァリツィアは口が堅く、重要な情報は何ひとつ教えてくれない。ルッスーリアもそうだろうと思っていたのだが――。

『前に取り憑いていたのはイラーリオ・カプレーティで、暗殺命令を出していたのは、その男の父親だ』

「なっ、イラーリオと叔父様が⁉」

いったいなぜ、どういった目的でバルトロマイの暗殺を目論んでいたというのか。ルッスーリアに尋ねても、詳しい目論見はわからないと答える。

「イラーリオはすでに、蛇の悪魔を従えていたように見えたのですが」

『ああ、あの男は俺を含めて二体、連れていた。あっちはたしか、あの男に服従していた。俺は憑いていただけだが』

ひとりに二体も悪魔が取り憑いていたなど、前代未聞ではないのか。たった今、私もそういう状況になってしまったのだが。

「悪魔はカプレーティ家の中でも、どういった者に取り憑くのですか？」

『闇が深い存在だな。あとは強烈なくらい、強い願いや想いを持っている者とか』

イラーリオが前者で、私が後者だと言う。

『闇を抱える者は悪魔に同調しやすい。悪魔も居心地がいいから、ついつい取り憑いてしまう。もう一方の、強い願いや想いを持つ者は、絶望したときに大きな力が生まれやすいんだ。だから賭け事を好む人間は、悪魔に惹かれやすい』

「そういうわけだったのですね。よくよく理解できました」

感謝よりも罵声を浴びせてほしい、とルッスーリアは懇願してくる。

どうしようか、と悩んでいる間に、バルトロマイが聖水をルッスーリアに振りかけた。

「消え失せろ、このクズ野郎が」

『ぎゃあああああ、男の罵声なんて、最悪ううう!!』

断末魔のような叫びを上げ、消えていった。

静けさを取り戻した寝室で、私とバルトロマイはため息を吐いてしまう。

「なんて酷い悪魔でしたの」

「しかし、これで誰が暗殺を目論んでいたのか、明らかになった」

「ええ」

しかしながら、なんだかたくさんの犠牲を払ったように思えて、なんとも言えない気持ちになる。

念のため、アヴァリツィアを喚び出し、ルッスーリアについて聞いてみる。

『また深夜に呼び出すのかよ』

「ごめんなさい。少し話を聞きたくって」

『お前はまた、とんでもないことに巻き込まれていたみたいだな』

「相変わらず、傍観されていたのですね」

『当たり前だろうが！　ルッスーリアなんて、悪魔の中でも関わり合いになりたくないランキング、堂々の一位だ！』

どうやらルッスーリアは、数いる悪魔の中でも特別厄介な存在らしい。

「ルッスーリアの特徴や注意点など、何かご存じですか？」

『ああ、ひとつだけ教えてやれるぜ』

警戒するに越したことはない。アヴァリツィアの話に耳を傾ける。

『ルッスーリア、あいつはな……とんでもない変態だ。以上！』

「そ、そんなの、存じていますわ！」

アヴァリツィアはケタケタと笑いながら姿を消す。

最初から教えるつもりはなかったのだろう。無駄な時間を過ごしてしまった。

見ればバルトロマイは顎に手を当てて、何か考える素振りを見せていた。

「バルトロマイ様、どうかなさったのですか？」

「いや、ルッスーリアの能力は調査に役立ちそうだと思って。潜入にはうってつけだ」

「言われてみれば、そうですわね」

父がクレシェンテ大聖宮への入宮許可を取ってくれるのを待っていたが、ルッスーリアの能力があれば、すぐにでも調査に取りかかることができる。

「ルッスーリアが戻ってこないことにイラーリオが気付く前に、次の調査に移ったほうがよろしいかと」

「そうだな」

準備ができ次第、クレシェンテ大聖宮への潜入をしてみよう、という話になる。

「バルトロマイ様、お仕事は大丈夫ですの？」

「クレシェンテ大聖宮での情報収集については、以前からやりたい、と父に相談していた。申告したら、すぐに許可が下りるだろう」

そんなわけで、私達の計画は次なる段階へ移ることとなった。

第四章　黒幕は誰だ!?

雪がしんしんと降り積もる静かな夜——修道女服をまとった私と、儀仗騎士の板金鎧を着込んだバルトロマイが私の寝台の近くに佇む。

今からクレシェンテ大聖宮へ潜入調査を始めるのだ。

一応、念のために変装をしている。

私は黒髪の鬘（かつら）を被り、瞳の色がバレないよう、色付き眼鏡をかけていた。

バルトロマイは長い栗毛（くりげ）の鬘に、分厚いレンズの丸眼鏡を合わせている。

ちょっとした変装だが、イメージがガラリと変わっている。きっと知り合いに会っても、バレないだろう。

ただ、私達という存在自体が怪しまれたらどうすればいいのか、と考えていたのだが、それに関してバルトロマイは心配いらないと言う。

なんでもクレシェンテ大聖宮の内部には、外部の者を手引きしてくれる修道女や儀仗騎士が一定数いるらしい。対価さえ払えば、要望に応えてくれるのだそうだ。

「ジル、そろそろ行こうか」

「ええ」

あの変態悪魔ルッスーリアに頼み事をするのは気が進まないが、クレシェンテ大聖宮に潜入するためには仕方がない。

「ルッスーリア、いますか？」

『なんだ？』

暗闇から、角を生やした黒馬が天幕の陰からヌッと出てきた。見た目は悪魔らしいのに、性格がなんとも残念なせいで、恐怖なんてあったものではない。

「お願いがありますの。わたくし達を、クレシェンテ大聖宮に転移魔法で連れて行ってほしいのですが、よろしいでしょうか？」

『下着を見せてくれるのであれば、お安い御用――うわ!!』

バルトロマイが問答無用で斬りかかり、ルッスーリアは体を捻って回避する。

『あ、危ない奴だな！』

「お前がけしからんことを口にするからだ」

『悪魔に人の道理を説くとは、愚かとしか思えないんだが！』

「なんだと？」

こんなところでケンカをしている時間がもったいない。

私はバルトロマイとルッスーリアの間に割って入り、ケンカを止める。

「下着ごときで転移魔法を使っていただけるのであれば、協力いたします」

「ジル、そんなことしなくてもいい！」

「いいえ、これまで悪魔に要求された対価に比べたら、下着なんてどうってことがないのです」

感情や命を失うわけではない。人としての尊厳は僅かに失ってしまうような気がするが、取り返しがつかなくなるものではないのだ。

「ルッスーリア、ストッキングとガーターベルトでよろしいですね？」

『最高じゃないか！』

視界の端で、バルトロマイが「信じがたい」と言わんばかりの視線でグサグサと突き刺してくる。はしたない女だと思っているだろう。けれども、ルッスーリアの協力を得るためには、仕方がないのだ。

スカートの裾に手を伸ばし、たくし上げようとした瞬間、バルトロマイが待ったをかける。

「ジル、待て。それは成功報酬にしたほうがいい。相手は悪魔だ。まったく信用ならん」

『なんだと‼』

「本当に転移魔法ができるかも、怪しいところだ」

『バカにするな！　転移魔法くらい、朝飯前だ！』

「じゃあ、やってみてくれ。行き先はクレシェンテ大聖宮だ、わかっているな？」

『もちろんだ』

ルッスーリアが呪文を唱えた瞬間、寝台の上に真っ赤に光る魔法陣が浮かび上がった。

なんだか怪しいものの、一瞬だけでも信用するしかない。

まずはバルトロマイが魔法陣の上に乗り、私の手を握って引き寄せた。

彼に抱きしめられた状態で、転移魔法が展開される。

体がふんわりと浮かび、くるりと視界が一回転した。

ぱち、ぱちと瞬く間に、周囲の景色が変わる。

モンテッキ家の屋敷から、白に統一された部屋の寝台に下り立った。

「ジル、大丈夫か？」

「ええ、問題ありません」

ルッスーリアは鼻息を荒くしながら、『どうだ⁉』と自慢げな様子で聞いてくる。

「本当に、寝台から寝台へは、どこへでも転移できるのですね」

『すごいだろうが！』

「ええ、とっても」

『じゃあ、約束は果たしたから、報酬として下着を見せてほしい』

そう口にしたルッスーリアだったが、突然体が薄くなっていく。

『んん⁉　なんだこれは。力が抜けていくぞ⁉』

「忘れたのか？　ここは神聖なる神の本拠地だ。強力な結界があるから、お前みたいな悪魔が、姿を保っていられるわけがないだろうが」

『なっ、だ、騙したな⁉』

「騙されるお前が悪い」

『お前に良心というものはないのか!?』

「悪魔に人の道理を説かれても、まったく心に響かないのだが」

『く、くそ――――!!』

ルッスーリアは悔しそうに叫びながら、姿を消していく。

静かになった部屋で、私はバルトロマイに確認した。

「もしかして、これを狙って成功報酬になさいましたの？」

「当然だ」

バルトロマイが機転を利かせてくれたおかげで、ルッスーリアに下着を見せずに済んだようだ。

ホッと胸をなで下ろす。

「二度と、ルッスーリアに下着なんぞ見せようとするな」

「しかし、悪魔が要求する対価としては、安いものなんです」

「そうかもしれないが……はあ」

私を想うあまり、見せたくないと考えてしまうのだろう。同時に、悪魔と取り引きをするためには仕方がない、とも思っているのかもしれない。

「バルトロマイ様、ルッスーリアに対する報酬として、別のものを考えてみましょう」

「ジルの下着姿以上に、あの悪魔が魅力的に感じるものがあると思うのか？」

「たとえば――わたくしの下着姿の絵画とか！」

提案した瞬間、なんてバカなことを言ったのか、と恥ずかしくなる。

恐る恐るバルトロマイのほうを見てみたら、顎に手を当てて何やら考える素振りをしていた。

「実物を見られるよりは、まあ、マシかもしれない」

「本当ですか？」

「ああ」

バルトロマイの同意を得ることができたようで、ひとまず安心である。

「では今度、下着姿でモデルになってもらおうか」

「なっ、そ、それは必要ですの⁉」

「残念ながら、俺は想像では描けない」

下着問題は解決したかと思われたが、別の懸念点が浮上してしまった。


下着についてはひとまず忘れよう。

内部の間取りはバルトロマイが所持しているので、まずはここがクレシェンテ大聖宮のどの辺りなのか調べたい。

「たしか、エリアごとに天使のモチーフが描かれているそうですが」

持ち込んだ角灯で部屋を照らし、天使の絵がないか探す。

クレシェンテ大聖宮には三つの区画があり、九つのエリアに分かれている。上層は〝熾天使（セラフィム）〟〝智天使（ケルビム）〟〝座天使（スローンズ）〟の三つ。中層は〝主天使（ドミニオンズ）〟〝力天使（ヴァーチャーズ）〟〝能天使（パワーズ）〟。下層は〝権天使（プリンシパリティーズ）〟〝大天使（アークエンジェルズ）〟〝天使（エンジェルズ）〟と名前が振り分けられている。

「ジル、天使の見分け方はわかるか？」

「ええ。上層に描かれるような天使は、笏（しゃく）や剣などの武器を手にしております。中層の天使は三対の翼があるはずです。下層の天使達は一対の翼に人とよく似た姿で描かれているはずです」

「なるほど。ある程度見分けることができそうだな」

天使の姿は暖炉のマントルピースに彫られていた。

頭上に輝く輪を持つ、美しい女性が微笑んでいるような天使の姿。

「おそらくこれは、大天使でしょうね」

「ならば、現在地はだいたいこのあたりか」

そこは下層にある、見習い修道士や儀仗騎士が拠点とする区画らしい。

「着地地点としては、いい位置だな。ここで手引きしてくれる者との合流地点が近い」

「ルッスーリアに感謝しなければならないですね」

各層の部屋の位置を頭に叩き込んでいるらしいバルトロマイのあとを、急ぎ足でついていく。

深夜のクレシェンテ大聖宮には、灯りが最低限しかないからか、少しだけ不気味な雰囲気である。

ただここは、悪魔が侵入できない聖域でもある。安全と言えば安全なのだ。

十五分ほど歩いた先にある部屋に、修道士が待っていた。

バルトロマイが金貨の入った革袋を渡すと、身分証の取り引きが行われる。クレシェンテ大聖宮での過ごし方や、規律など、想定していたよりも丁寧に教えてくれる。

滞在する間、ここの部屋で寝泊まりしてもいいらしい。

バルトロマイと同室となるのだが、寝台は二台あるし、風呂場や洗面台など、暮らしに困らないような設備が整えられていた。

「以上ですが、何かご質問などありますか？」

「いや、ない」

「承知しました。では、失礼します」

役目を終えた修道士は、そそくさといなくなった。

身分証である十字の首飾りはいくつかあるようで、目的の場所によって変えるらしい。

ひとつは見習い用のもの。ひとつは中層を行き来するのに怪しまれないもの。ひとつは上層を行き来できる特別なもの。

これらを得るために、いったいどれだけのお金を積んだのか。恐ろしくて聞けるわけがなかった。

「これで、怪しまれても一時しのぎくらいにはなるだろう」

もしも正体が露見し、逃げるような状況になったら、フェニーチェ修道院で落ち合おう、と事前に話し合っておく。

「まずは、中層にある図書室で、クレシェンテ大聖宮の歴史について調べたい」

「ええ、そうですわね」

ヴィアラッテア帝国の建国とほぼ同時に、このクレシェンテ大聖堂が建ったと言われているが、真相ははっきりしていない。

それらについての情報も調べたら、カプレーティ家とモンテッキ家の争いの裏にある『何か』に繋がるヒントを得られそうだ。

まずは中層を目指して階段を上り、途中で身分証である十字のネックレスを替え、平然とした表情で廊下を歩いて行く。

深夜だけあって、人通りはほぼない。ただ、ときおり部屋から灯りが漏れているのを見かける。深夜に及ぶまで仕事をしているのだろう。

図書室には見張りの儀仗騎士がいたものの、事前に教えてもらっていた言葉で通してもらう。

「ブラザー・マケーダより、資料を探すように命じられている」

すると、中にあっさり入ることができた。

ブラザー・マケーダというのは、フェニーチェ修道院の院長のことである。

長年クレシェンテ大聖宮で司教を務めており、今でも名前を出したら影響力が発揮されるという。のほほんとした印象の院長であるが、実はとんでもなく偉い人だったのだ。

院長の威光のおかげで、禁書室にまで入ることができた。

そこで私達は、聖剣の絵画が飾られているのに気付く。

「バルトロマイ様、あの絵画は――」

「聖剣だ。間違いないだろう」

聖剣を握るのは、六枚の翼を生やした、美貌の青年である。

しばし見とれていたら、夜勤の司書が絵画について説明してくれた。

「あちらは聖なる剣を持って戦う美しき熾天使、〝ルシフェル〟様ですよ」

その姿に見覚えがあるような気がして、首を傾げてしまう。その隣で、バルトロマイはぼそりと呟いた。

「屋敷にある、黒い翼を持つ悪魔に似ている」

ああ、それだ！　と声を上げそうになったが、図書室なのでなんとか呑み込んだ。

ルシフェルと呼ばれた天使は、聖剣を握るモンテッキ家の者と敵対するように描かれた悪魔にそっくりだったのだ。

「おや、魔王サタンの絵をお持ちなのですか？」

「魔王サタン？」

「ええ。この世のありとあらゆる悪の権化で、熾天使ルシフェルが堕落し、悪魔と化した姿と言われているんです」

つまりモンテッキ家の執務室にある絵画は、魔王と邪竜が結託し、モンテッキ家の者に戦いを挑んでいた、という意味があるのか。

魔王サタン――シャイターン、イブリースなど、さまざまな名で呼ばれる、悪魔の王。

天使の長とも言われているルシフェルが神に逆らった結果、堕落し、悪魔と化してしまったと言われているようだ。

「あの、なぜ、天使の長であったルシフェルが、悪魔となってしまったのですか？」

「諸説さまざまあるようですが、一説によると、聖女を愛してしまったが故、と言われているそうです」

ここで、聖女の名が登場した。司書に詳しい話を尋ねる。

「そもそも、聖女というのはどういった存在だったのでしょうか？」

「人々の信仰における、祈りの象徴のように崇められていたそうです」

禁書室には聖女が描かれたタペストリーがあるというので、見せてもらった。

「こちらです」

普段から壁掛けされているものの、作品の状態を維持するため、布が被せられているという。

だが禁書室に立ち入ることを許されている者ならば、いつでも見ることができるらしい。

司書は布を取り、タペストリーを見せる。

「これは――!?」

それは写実的な絵だった。

グレージュの髪に、聡慧たる青い瞳を持つ聖女。

驚いたことに、私とそっくりな姿で描かれている。

「聖女様が唯一鮮明に描かれたものだと言われている一枚です。見た目も中身も、とても美しいお方だったそうです。ルシフェルが恋をし、自らの立場を投げうってまで愛してしまうのも、無理がないのでしょうね」

どくん、どくんと胸が脈打つ。なぜ、聖女が私とそっくりなのか。

「あ、あの、聖女様のお名前は、記録に残っているのでしょうか？」

「いいえ、残念ながらどこのどなただったのか、という記録はありません。ただ――」

「ただ？」

「魔王サタンと敵対していた家の当主と、婚約関係だったという話は伝わっております」

ということは、あの絵は聖女を巡る、モンテッキ家と魔王サタンとの戦いを描いたものになるというのか。

「その、敵対していた家、というのは？」

「その辺は伝わっておりません」

魔王サタンと戦っていた一族がモンテッキ家だった、というのは、クレシェンテ大聖宮にある資料に書かれていなかったらしい。

これまでも歴史の記録を改ざんしたり隠したりしていたので、正しい情報が伝わっていないという点についてはなんら不思議ではない。

「魔王サタンは自分の力によほど自信があったのか、戦いを挑んできた当主に聖剣を与え、自らにハンデをつけたそうです」

「聖剣はもともと、ルシフェルが持っていた武器、だったということですの？」

「そうですね。彼は傲慢を象徴とする悪魔ですから、そのような愚かな行動に出たのでしょう」

人間なんかが悪魔に勝てるわけがないと思っていたのだろうか。だとしたら、たしかに傲慢でしかない。

「それで、魔王サタンと敵対していた家の当主の戦いはどうなったのですか？」

「その当主が聖剣で魔王サタンを追い詰めたのですが――最後に斬りかかった瞬間、魔王サタンを聖女が庇ったのです」

聖剣で斬り裂かれた聖女は、虫の息となる。

そんな彼女に、魔王サタンは誰もが想像しなかった呪術をかけた。

「魔王サタンは魔法を用いて、聖女の傷を治しました。ただ、彼は悪魔です。普通の回復魔法ではありません」

回復魔法は神聖術、神様への信仰心と引き換えに起こる奇跡の力だ。魔王サタンに使えるわけがない。

「魔王サタンが使ったのは、違背回復魔法(アンチ・ヒール)――自らの命を削って行われる、呪われし魔法です」

聖女の傷を治す代わりに、魔王サタンは命を失い、暴風となって脅威と化す。

暴風は多くの命を巻き込み、帝都を更地にするほどの勢いだったという。

「その際皇族のほとんどが亡くなったのですが、傍系の者が奇跡的に生きていて、玉座に収まったと言われています。そして絶望の中、祈りで人々を救ったのが、聖女を取り巻いていた信者達でした。彼らがこの、クレシェンテ大聖宮を造り、信仰の礎を作ったと言われています。その後、聖女の代わりに教皇を立て、混乱の世を救っていったそうです」

ここで、今の王朝と教皇の歴史がほぼ同じところにあったことに気付く。

暴風によって滅びかけた帝国を、皇帝と教皇が協力して再建していったのだろう。

「それで、聖女はどうなりましたの？」

魔王サタンの命と引き換えに、違背回復魔法で傷を回復させたというが……。

「聖女は生き長らえておりました。しかしながら、彼女の血は悪魔に呪われてしまったのです」

「なっ――――!?」

「記憶を失っていた彼女は各地を放浪し、ひとりの男性と出会って結婚します。悪魔に呪われた血は、次代へ受け継がれてしまった、というわけです」

血の気がサ――――ッと引いていくのがわかった。

なぜ、カプレーティ家の者に悪魔が取り憑いているのか、という答えを、今、ここで知ってしまう。カプレーティ家の血は、魔王サタンによって呪われていたのだ。

「聖女の婚約者だった当主は、ずっと彼女を探していました。しかしながら、彼が見つけたときには、すでに他の男性の子を、聖女は抱いていたそうです。さらに、聖女は婚約者だった当主のことを覚えていなかったものですから、当主は彼女を激しく憎悪するようになっていったのだとか」

好意が大きければ大きいほど、それが打ち砕かれたとき、憎しみが爆発してしまう。

それらは悪魔がもっとも好む負の感情なのだろう。

「聖女が嫁いだ家と、聖剣を持つ一族の当主は、今でも憎しみ合い、対立を続けていると言われています。以上が聖女を巡る、我が国の歴史です」

あまりの情報量に、くらくらと目眩を覚えそうだった。

司書が聖女の歴史について、詳しく書かれた本を特別に貸してくれた。

持ち出し厳禁の一冊だろうが、熱心に話を聞いてもらって嬉しかったのだろう。

明日には返すと約束を交わし、図書室をあとにする。

ふらふらと歩いていたようで、途中からバルトロマイが抱き上げてくれた。

大丈夫、なんて言う余裕はなく、そのまま彼にそっと身を寄せる。

部屋に戻ってくると、寝台に横たわらせてくれた。

「バルトロマイ様」

「起き上がるな。茶を淹れよう」

心が落ち着くというカモミールティーに、蜂蜜を垂らしたものをバルトロマイは用意してくれた。

寝台に腰かけ、いただく。

一口飲むと、蜂蜜の優しい味わいが身に染みるようだった。

「おいしいです」

「そうか、よかった」

暖炉の火がパチパチと燃える音だけが、部屋に鳴り響いていた。

「聖女と魔王サタン、そしてモンテッキ家の当主の争い――これが、わたくし達の一族の、争いの根源だったのですね」

「ああ」

なぜ、両家が長年にわたって憎み合い、闘争を続けていたのか、その理由が明らかになった。

「聖職叙任権を巡るだけの、単純な争いではなかったというわけだ。カプレーティ家、モンテッキ家の両家の血に、憎しみ合う感情が刻まれているのだろう」

ただ、それはすべての人がそうではない。

「わたくしは、バルトロマイ様を心からお慕い申しております」

そう口にすると、バルトロマイは想いに応えるように私の手を優しく握ってくれる。

「両家が抱える問題を解消したら、争いは収まる。そう思っていたのですが、違うようですね」

「そうだな。ただ、一点、気になることがあった」

「なんですの？」

「邪竜についてだ」

邪竜は地上で生まれ、暴れ回る悪意の象徴である。悪魔が従える生き物ではない。

「モンテッキ家にある絵画では、魔王サタンが邪竜に跨がっていた。どうしてなのか」

何か引っかかりを覚えるようだが、その原因についてはっきりと言葉にできないという。

「上層にある聖物保管庫に、もっと詳しい歴史が書かれたものがあるかもしれない」

「調べに行ったほうが、よさそうですね」

アヴァリツィアにも話を聞こうと呼びかけたが、やはり出てこなかった。

一度に得た情報量が多すぎて、上手く処理できない。

今日のところはゆっくり休もう。

眠れるか心配だったが、バルトロマイに抱かれ、優しく背中を撫でられているうちに眠ってしまった。

朝、目覚めると、バルトロマイの姿はなかった。

彼が眠っていた場所に触れても、温もりすら残っていない。

まさか、悪魔に連れ去られてしまったのか。

慌てて起き上がったら、声がかかった。

「ジル、起きたか」

「あ――！」

すでにバルトロマイは修道服に身を包み、本を読んでいた。昨晩、司書から借りた聖女について書かれた本である。

「おはよう」

「おはようございます」

朝の挨拶を交わしたのは初めてだったような気がする。

ささいなことなのに、照れてしまった。

「昨晩はよく眠れたか？」

「ええ、バルトロマイ様が上手く寝かしつけてくれたおかげで、ぐっすりでした」

「なんだ、その、寝かしつけというのは」

そう口にするなり、バルトロマイは笑い始める。

貴重な微笑みを、太陽の光のように眩しく思った。

「昨日借りた本を読んでみたのだが、書かれているのは、司書から聞いた話ばかりだった」

「そう、だったのですね」

特に新しい情報はなかったようで、そのまま返していいか聞かれる。

「ええ、問題ありません。それよりもサタンが跨がっていた邪竜について、調べたほうがよいでしょう」

「では、ひとまずこれを返却し、上層の聖物保管庫に忍び込むか」

「ええ」

今日は大きなミサがあるらしく、調査にうってつけらしい。

そんなわけで、朝食を食べてから行動に移す。

修道女や修道士、儀仗騎士がぞろぞろと移動を始めていた。

皆、上層にある大聖堂を目指しているのだろう。

誰も私達の存在なんか気にも留めず、聖書を片手に目的の場所に向かって歩き続ける。

途中の分岐から、彼らとは別の道を行く。

儀仗騎士が立ちはだかる扉の前でも、院長の名を出したら通してくれた。

ここで私達が捕まるような失敗をしたら、院長にも迷惑をかけてしまうだろう。

なんとしても、怪しまれないように情報を持ち帰らないといけない。

ミサが始まるまで、誰もいない部屋に潜伏し、上位神官がいなくなるのを待つ。

がらんごろんと鐘が鳴り響いた。ミサが始まる合図である。

「そろそろだな」

「ええ」

人の気配がなくなったのを確認し、廊下に出る。

聖物保管庫に行き着いた。そこも当然、儀仗騎士が守っている。

例によって院長の名で、中に入ることができた。

そこには天使の名を冠した聖物が飾られていた。神が描かれた絵画も多く保管されている。

古い書物を手に取ってみたが、特に新しい情報はない。

「邪竜についての情報は、ここにもないようだな」

「ええ」

もしかしたら教皇が隠し持っている可能性があるが、これ以上の深入りは危険だろう。

ひとまずクレシェンテ大聖宮から脱出したほうがいい。

ミサをしている今が最大のチャンスだろう。

足早に廊下を歩いていたら、背後より声がかかった。

「おい、お前ら、止まれ」

振り返った先にいたのは――イラーリオだった。

胃の辺りがスーッと冷え込むような、心地悪い感覚に襲われる。

まさか、ここでイラーリオと会ってしまうなんて。

おそらく、ミサが始まっているにもかかわらずここにいる私達が、不審人物に見えたのだろう。

変装しているので、イラーリオが私やバルトロマイだと気付いたわけではない。

だから大丈夫。

そう自らに言い聞かせながら言葉を返そうとしたが、バルトロマイが任せろと言わんばかりに私の背中を軽く叩いた。

彼は私を守るように前に立ち、ツカツカと歩いてくるイラーリオに向かって、冷静に問いかける。

「何かあったのか？」

バルトロマイの声色に動揺は欠片もなかった。私が言葉を返していたら、声が震えていただろう。

「お前、よくもぬけぬけと、そのようなことが言えるものだな。お前が誰か、この俺がわからないと思っているのか？」

どくん！　と胸が大きく脈打つ。

イラーリオは私達の正体に気付いている？

バルトロマイの背後よりイラーリオを覗き込む。すると彼は、大量の黒い靄だけでなく、角が生えた蛇の悪魔を従えていた。

ここは教会なのに、どうして悪魔を従えることができるのだろうか？

――なんてことを考えていたらイラーリオと目が合ってしまい、ゾッと鳥肌が立つ。

何もかも見透かすような瞳だったのだ。

彼は怒りの籠もった目で私を見つめ、咎めるように話しかけてきた。

「ここで何をしている、ジュリエッタ‼」

ああ、と落胆の思いがこみ上げてくる。悪魔を従える彼には、変装なんて無意味だったのだろう。

「お前の傍にいる男は、モンテッキ家のバルトロマイだぞ!?　早くこっちへ来い!!」

どうやら彼は私がバルトロマイに騙され、一緒にいると思い込んでいるようだ。

もうすでに、言い逃れなんて不可能だろう。

ただ、何も知らないでバルトロマイといると勘違いされた件に関しては、はっきり否定しなければならない。

「わたくしは彼を信用し、行動を共にしております」

「何を言っている!?　その男はカプレーティ家の敵、モンテッキ家の次期当主だぞ！」

「存じておりますわ」

イラーリオは眉をキリリとつり上げ、怒りの形相で私を睨む。すると、靄が噴き出るように増え、蛇の悪魔の存在感がどんどん増していく。

彼が従える悪魔は、もしかしたら憤怒の悪魔なのかもしれない。

イラーリオが怒るたびに、力を増しているように見えたから。

「ジュリエッタ、お前はその男に騙されているんだ！」

イラーリオが私のほうへ接近し、腕を伸ばす。けれどもその手を、バルトロマイが叩き落とした。

「ジルに触れるな」

「ジル、だと？　なぜ、お前ごときが、ジュリエッタを愛称で呼ぶ!?」

「わたくしがお願いしたからです。バルトロマイ様は悪くありません！」

さらに、イラーリオの靄の量が増えていく。辺り一面が真っ黒に染まりつつあった。

「こいつは俺が引き留めておく。ジルは逃げるんだ」

「しかし――」

「何をごちゃごちゃと喋っているんだ‼」

イラーリオはそう叫びつつ、蛇の悪魔の角に触れた。すると、蛇は槍へと姿を変えていく。

悪魔を武器に変化させるなんて。

ただでさえ、悪魔を従えるイラーリオにバルトロマイは圧されていたというのに。

「アヴァリツィア！　わたくしを助けて！」

必死になって頼んでいるのに、やはり彼からの返答はない。イラーリオの悪魔は平然と具現化できているというのに。

アヴァリツィアを教会で使役するためには、強欲を捧げなければならないのか。

「バルトロマイ・モンテッキ、死ね‼」

ついに、イラーリオとバルトロマイの戦闘が始まってしまった。

黒い靄を全身にまとわせ、蛇の悪魔に変化させた槍を握るイラーリオは、バルトロマイに猛攻を繰り返す。

変装用の板金鎧と装飾過多な儀仗騎士の剣で戦うバルトロマイは不利だ。

私にできることは、悪魔を頼ることだけ。

アヴァリツィアがダメならば、もう一体の悪魔がいる。

「ルッスーリア！　わたくしの声を聞いて！」

『なんだ？』

あっさり返答があったので、驚いてしまった。

ただ、姿はどこにも見えない。声が聞こえるばかりである。

「今、どこにいますの？　助けてほしいのですが」

『いや、そこに降り立つのは難しい。その場は悪魔避けの結界があるからな！』

「でしたら、あの蛇の悪魔はなぜ、平気ですの？」

『ああ、あれは、教皇公認の悪魔だからな』

「どういうことですの⁉」

聖なる象徴である教皇と悪魔が繋がっているなんて、ありえないだろう。

カプレーティ家が悪魔に取り憑かれ、その力を利用し、モンテッキ家と敵対していた歴史はたしかにある。

けれどもそれは一族のみの秘密であり、それ以外の者は知らないものだと思っていたのだが……。

いいや、今はそんなことなど気にしている場合ではない。

ここからバルトロマイと共に、脱出しなければならないのだ。

「ルッスーリア、ここからの脱出を手伝ってください」

『いや、それは難しい。そこに降り立つだけで、首を絞められているような息苦しさがあるから』

「どうかお願いします！」

悪魔を従えるには、対価を差し出さないといけないのだ。

バルトロマイはイラーリオに圧されている。あまり保たないだろう。

ならば、腹を括るしかない。

色欲の悪魔ルッスーリアが望むのは、私の下着姿だろう。

けれども夫以外の者に肌を見せるなんて、言語道断。

ただ、直接見せなければいい。その方法は、ひとつだけある。

「わたくしの、下着姿の絵画を差し上げますので！」

『乗った‼』

ルッスーリアは清々しいまでの返事をしてくれた。

「では、一刻も早くこちらに降り立ってくださいませ！」

『残念ながら、いくら対価を積まれようと、その場に駆けつけることはできない』

「どうしてですの⁉」

『それについては前に言っただろうが。俺は世界各地の寝台の上ならば、どこでも行き来できる万能の悪魔である、と』

「寝台まで行かないと、あなたは能力を発揮できない、というわけですのね」

『そうだ』

ならば、バルトロマイと共に寝台がある部屋まで行かないといけない。

けれどもイラーリオの激しい勢いで繰り出される攻撃が、それを許さないだろう。

どうすればいいのか。寝台の上でしか能力が使えないなんて、ある意味役立たずの悪魔である。

寝台まで行かずとも、なんとか彼の力が使えたら――と考えているところに、ピンと閃く。

「ルッスーリア、あなたが降り立つことができるのは、人が眠る場所、ですわよね？」

『ああ、そうだが』

「寝台ではなく、布団でもいいのですか？」

『ああ、問題ないぞ』

ならば、布団をここまで持ってくれれば、バルトロマイと共にクレシェンテ大聖宮からの脱出が可能となる。

私は急いで寝台がある部屋を探す。

しかしながら、上層の部屋は儀式用に仕立てられたものばかりで、寝台がある部屋は見当たらない。早くしないと、イラーリオがバルトロマイを殺してしまうだろう。

せっかく生まれ変わったのに、死に別れたくない。

今世では絶対に、彼を助けるのだ。

角を曲がった瞬間、シスターとぶつかってしまう。

「きゃあ！」

「あ――ごめんなさい」

母と同じくらいの年齢のシスターであった。謝罪し、立ち上がろうとする彼女の腰を支えた。

「そんなに急いで、どうかなさったのですか？」

寝台のある部屋を探している、と言えるわけがない。

だが、なんの用事もないのに急いでいるシスターというのは、不審でしかないだろう。

「あの、司祭様が二日酔いで、少し横になりたいとのことで、布団を探しておりました」

「まあ、そうだったのですね」

咄嗟に、それらしい理由が浮かんだものだ、と自分自身を褒めてあげたい。

私はさらに言葉を続ける。

「シスター、その、布団がある場所を、ご存じでしょうか？」

「ええ、あちらに仮眠室がありますので、そちらの布団を持って行ったらいかが？」

「あ、ありがとうございます！」

シスターに深々と頭を下げ、教えてもらった仮眠室へ急ぐ。

そこには六つの寝台と、清潔な布団が用意されていた。

畳んだ布団を抱えた瞬間、ルッスーリアの声が聞こえる。

『なあ、お前だけ逃げたらどうだ？』

「な、何をおっしゃっているのですか!?」

『だってあの男は、お前の実家が敵対するような家の生まれではないか。一緒にいても、永遠に幸せにはなれない』

嫌なことを言ってくれる。

けれども今の私は、前世の何も知らなかったお嬢様ではない。バルトロマイの幸せを願い、奔走する日々を送っている。未来を悲観していなかった。

「ルッスーリア、教えてさしあげます。わたくしの下着姿を描けるのは世界でただひとり。バルトロマイ様だけです」

『そ、そうなのか⁉』

「ええ。彼以外に、肌を見せるつもりはありませんので」

『そ、そうだったのか……。ならば、奴も助けないといけないな』

ルッスーリアとお喋りしている時間はないのだ。布団を抱え、再度バルトロマイとイラーリオが戦う場に戻った。

ふたつの影があるはずなのに、片方の姿はない。

どちらかが、倒れている。

「バルトロマイ様――⁉」

彼の名を叫んでも、返事はない。

代わりに、イラーリオの声が聞こえた。

「ジュリエッタ、こっちに来い！」

イラーリオは全身が靄に包まれていて、人型であるというのがぼんやりわかる程度だった。

「お前はこの男に、騙されているんだ。何も知らないお前は、この男の愚かな甘言に乗せられたんだろう？」

「違います！　バルトロマイ様は、そんなお方ではありません！」

イラーリオがこちらへ一歩、一歩と近付くたびに、血をポタポタ滴らせていた。

彼の血だと思ったが、倒れたバルトロマイのほうを見てギョッとする。

バルトロマイが倒れた辺りの絨毯が、真っ赤に染まっていたのだ。

「なっ――!?」

「ジュリエッタ!!」

気がついたときには、イラーリオは眼前に迫っていた。

布団を投げつけたが、手で払われてしまう。

靄をまとった手が私の腕を掴んだ瞬間、ぞわっと全身に悪寒が走る。

「い、嫌!! 離して!!」

彼を拒絶したのと同時に、靄がイラーリオの体から噴き出してくる。

息苦しさと目眩を覚える。

これ以上彼を刺激してはいけないとわかっていたが、かと言って従いたくもなかった。

「お前……オマエハ、ダマ、ダマサレテ、イル!!!!」

それはイラーリオの声ではなく、幼い子どもの金切り声やしわがれた老婆のような声が混ざった、とてつもなく不気味な声だった。

イラーリオは怒りに支配されて我を失い、悪魔に乗っ取られているのだろう。

私の腕を掴んだ手が、ギリギリと締められる。

「イラーリオ、痛い、です!」

「オオオオ、マエエエエ‼」

会話が成立していない。すでに、イラーリオとしての意識はないのだろうか。

「イラーリオ、しっかりしてくださいませ！」

「ガガガガ……ウウウウウ」

悪魔を使役するというのは、己を強く保っていないと難しいのかもしれない。

でないと、イラーリオみたいに、逆に悪魔に体を乗っ取られてしまう。

手を振り払おうと思っても、難しかった。

このままではバルトロマイだけでなく、私も悪魔にやられてしまう。

ルッスーリアの焦るような声が聞こえた。

『おい、お前だけでも、ここから脱出するぞ！　この布団に一歩でもいい、足を踏み入れるんだ！』

「できません‼」

私の命なんて、惜しくもない。それよりも、バルトロマイを助けたい。

だから、私は叫んだ。

「アヴァリツィア、わたくしの〝強欲〟と引き換えに、バルトロマイ様を助けて‼」

それは私が初めて望む、アヴァリツィアへの強い欲求であった。

アヴァリツィアは出てこないかもしれない。そう思っていたが、私の欲求が結界より勝ったのか、
それとも〝強欲〟を差し出したからなのか、目の前にウサギのシルエットが浮かび上がった。

彼は私を振り返り、にやりとほくそ笑みながら話しかけてくる。

『ジュリエッタ、ようやく腹を括ったか』

「ええ！　強欲でもなんでも差し上げますから、助けてくださいませ‼」

『言われなくてもわかっている』

イラーリオが私の肩を摑み、首筋に嚙みつこうとしてきた。

「があああああ‼」

「きゃあ！」

『させるか！』

アヴァリツィアはイラーリオに蹴りを入れて倒してしまう。

イラーリオはすぐに起き上がったが、床から黒い荊の蔓が生え、その足に絡まる。

「ぐいいいいいいい⁉」

『お前はここで大人しくしているんだ！　あとは――』

アヴァリツィアは倒れたバルトロマイのところへ急ぐ。私も彼のあとに続いた。

「バルトロマイ様、大丈夫ですの⁉」

声をかけるが、反応はない。バルトロマイの手足には、靄がこびりついていた。これが原因で、いつものように動けなかったのだろう。

アヴァリツィアがバルトロマイの体を仰向けにする。見れば腹部を手で押さえているようだった。

アヴァリツィアが手をどけると、板金鎧を貫通したらしく、そこに傷を負っていた。

「ああ、なんてこと！」

『ジュリエッタ、そいつの手を握ってやれ』

「は、はい」

アヴァリツィアはぶつぶつと呪文を口にする。真っ赤な魔法陣が浮かび上がり、バルトロマイの傷口の血がぐつぐつと沸騰するように泡立っていた。

バルトロマイは体を痙攣(けいれん)させ、苦しみ始める。

この魔法はいったいなんなのか？

『――我が身を呪え、違背回復(アンチ・ヒール)！』

パチン！　と音が鳴るのと同時に、魔法陣は消える。

バルトロマイの傷はきれいさっぱり塞がっていた。

ただ、呪いの回復魔法だったので、気になってしまう。

「あの、アヴァリツィア、この魔法は悪魔から呪われる類のものでは？」

『呪いを付与できる悪魔なんて、サタンのおっさんくらいだろうが。回復効果があるだけだから、気にするな』

それを聞いて、ひとまず安心する。

「ああ、よかった」

『喜ぶのはあとだ！　さっさとここから撤退しろ』

そうだ。ここから脱出しなければならない。

布団をバルトロマイのもとへ運ぶと、アヴァリツィアが蹴りを入れて彼の体を転がしてくれた。

「アヴァリツィア、ありがとうございます」

『ふん！　あとは自分達の力でどうにかすることだな。おっと、その前に』

アヴァリツィアは私の胸に手を伸ばすと、真っ黒い球体が出てくる。

これが、強欲の塊なのか。

『はは、これがお前の〝強欲〟か。いただくとしよう』

アヴァリツィアは私の強欲を呑み込む。

『ははは！　やっぱり美味いな。最高だ』

強欲を失ったものの、私は何も変わっていないように思える。

バルトロマイへの愛も、そのままだった。

「あの、アヴァリツィア。わたくしは本当に、強欲を失いましたの？」

『ああ。お前の中にある――バルトロマイだけを幸せにしてやるっていう強欲は、全部食ってやったぜ』

「バルトロマイ様を幸せにしたいという思いが、わたくしにとっての強欲ですの？」

『そうだ。自分の幸せを投げうってでも、他人を幸せにしようだなんて、とんでもなく愚かで強欲なことなんだよ』

「そう、だったのですね」

『もうお前は二度と、あいつひとりだけが幸せになる未来を勝ち取ることなんてできないだろう』

そんなことを言っていたアヴァリツィアの体が、どんどん薄くなっていく。

「アヴァリツィア、その体、どうかしましたの？」

『お前が強欲を失ったから、取り憑くことができなくなっただけだ』

「そんな！」

まさか、彼との契約が途切れるなんて。

彼はずっと私の傍にいて、気まぐれに話しかけてくるものだと思っていた。

生意気でぜんぜん言うことを聞かない悪魔だったが、いなくなるのは寂しい。

『ジュリエッタ、二度目の人生なんだから、今度こそ幸せになれよ』

どうして消える寸前になって、そんな言葉を言ってくれるのか。姿を消すのならば、最後まで生意気な悪魔であってほしかったのに。

「アヴァリツィア！」

慌てて腕を伸ばすが、アヴァリツィアの姿は触れられなかった。

『じゃあな！』

その言葉を最後に、アヴァリツィアの姿はなくなる。

同時に、イラーリオを拘束する荊の蔓が消えたようだ。

「があああああ!!」

イラーリオは立ち上がると、こちらへ向かってくる。

ぼんやりしている場合ではない。今すぐここから脱出しなければならないだろう。

布団の上に乗り、ルッスーリアに声をかけた。

「ルッスーリア、わたくしとバルトロマイ様を、ここではないどこかへ連れて行って‼」

『どこかって、どこだ？』

「ば、場所指定ができますの？」

『できるぞ』

私の実家にバルトロマイを連れて行くわけにはいかない。

イラーリオが眼前に迫った瞬間、私は叫んだ。

「ううう、おおおおお‼」

「マ、マケーダ院長がいらっしゃる、フィニーチェ修道院までお願いいたします！」

『了解！』

イラーリオが私に襲いかかるよりも先に、ルッスーリアの転移魔法が発動する。

景色ががらりと変わり、真っ暗な部屋の硬い寝台の上に降り立った。

「うっ……！」

あろうことか、私はバルトロマイのお腹の上に降りてしまったらしい。兜の隙間から苦しげな声が聞こえた。

「バルトロマイ様‼」

寝台から下りてバルトロマイの兜を外す。暗くてよく見えないので、頬や額に触れてみると、眉間に皺を寄せているようだった。

「ううん……ジル？」

「は、はい！　ここにおります」

手を握ると、安堵するような吐息が聞こえた。

「ケガはありませんか？」

「ケガ……？」

そう呟いたあと、バルトロマイはハッとなって腹部を確認する。

「ケガが治っている⁉　あの男から、深く刺されたというのに」

「腹部のケガは、アヴァリツィアが治してくれました」

「そう、だったのか」

他にケガはないようで、ホッと胸をなで下ろす。

「ジル、お前は平気か？　あいつに何かされなかったか？」

「おかげさまでなんとも。イラーリオを引きつけてくださったおかげで、いろいろできました」

「そうか」

彼と話しつつ、儀仗騎士の装備を外していく。寸法が合っていない板金鎧なので、身に着けていて辛かっただろう。

イラーリオと戦っている際にまとわりついた靄も、アヴァリツィアが払ってくれたのか、いつの間にかなくなっているようだ。

「ジル、ここへはどうやって辿り着いた？」

「アヴァリツィアに助けていただき、ルッスーリアの能力で転移しました」

「そうだったのか」

「おそらくこちらはフィニーチェ修道院だと思われます」

部屋に窓はなく、真っ暗なので、本当にここがフェニーチェ修道院かはわからないのだ。

「ここは、たぶん地下だな」

「罪人を収容する部屋なのでしょうか？」

「おそらく」

バルトロマイが手探りで角灯とマッチを探し、火を点す。

角灯を掲げ、部屋の様子を見たら、とんでもない品が壁に立て掛けられていた。

「これは、モンテッキ家の聖剣!?」

それはモンテッキ家にある絵画に描かれていた聖剣そのものであった。

バルトロマイは角灯を持ったまましゃがみ込み、聖剣を照らす。

「これは――モンテッキ家の家紋が彫られている。聖剣で間違いないだろう」

バルトロマイが聖剣の柄(つか)を握ると、白く輝く魔法陣が浮かび上がった。

「なっ!?」

「バルトロマイ様!!」

聖剣は目を開けていられないほどの光を発し始める。ただそれは一瞬のことで、すぐに発光は収まった。

「今のはいったいなんですの？」

「わからな——なっ⁉」

「どうかなさいました？」

「聖剣がない⁉」

手に握っていたはずの聖剣が、なくなっていたと言う。

バルトロマイは角灯を掲げ、聖剣を探す。けれどもどこにもなかった。

「いったいどこにいったんだ」

バルトロマイは額に手を当てて、苦悶の表情を浮かべる。そんな彼の違和感に、私は気付いた。

「あの、バルトロマイ様。左の手の甲に、魔法陣のような紋章が刻まれているのですが」

こんなもの今まであっただろうか。

バルトロマイ自身もそれを見て、目を見開いている。

「これはなんだ⁉」

右手で手の甲にある魔法陣に触れた瞬間、バルトロマイの手に聖剣が握られていた。

思わず言葉をなくし、バルトロマイと見つめ合ってしまう。

「あ、あの——」

話しかけようとしたのと同時に、扉が開かれる。

「きゃあ！」

思わず悲鳴をあげてしまったが、やってきたのは院長だった。

「いやはや、驚きました。地下から妙な音が聞こえるような気がして覗きに来たら、あなた方がいらっしゃったものですから」

私や院長以上に、バルトロマイが驚いているように見えた。

彼がこのような表情を浮かべるなんて珍しい。

「バルトロマイ様？」

「あ――いや、なんでもない」

ひとまず、院長に深々と頭を下げ、バルトロマイと共に謝罪した。

「申し訳ありません。少し、こちらの部屋をお借りしておりました」

「いったいいつ、いらっしゃったのですか？　地下の入り口は鍵がかかったままでしたが」

ルッスーリアの能力を用いて転移してきたなど、院長に言えるわけがない。

「それよりもその剣――ついに見つかってしまいましたか」

「あの、この剣はモンテッキ家の……」

「ええ、そうです。いつからあるのかはわかりませんが、ずっとずっと昔、モンテッキ家の方がここまで運んできて、保管を命じたんです」

「モンテッキ家の者が、ですか⁉」

てっきり、カプレーティ家が盗んだものだと思っていたのに、モンテッキ家の者が運んできたなんて。

「なぜ、この剣はここにあった？」

「わかりません。ただ、皇帝陛下から、ここに保管しておくように、と命令があったようで。私も長年、ここにあるとわかっていながらも放置していました」

「皇帝陛下の勅命だと⁉」

なぜ、皇帝が聖剣の保管を、他でもない、フェニーチェ修道院に頼んだのか。

わからないことばかりである。

「しかしながら、そちらの剣——聖剣はあなた様を主として認めたみたいですね」

院長はバルトロマイの手の甲に刻まれた魔法陣を見つめながら、ぽつりと呟く。

「すまない。気付いたらこうなっていた」

「いいえ。聖剣はもともと、モンテッキ家の宝ですので、あなたが持っておくのがよいのでしょう」

皇帝には黙っておいてくれるという。

それを聞いてバルトロマイと共に、深々と頭を下げたのだった。

「それはそうと、おふたりの恰好から推測するに、クレシェンテ大聖宮からの帰りですね？」

「ええ、そうなんです。院長のおかげで、いろいろ助かりました」

「それはよかった」

これからどうするのか、と聞かれ、バルトロマイと目を合わせる。

「わたくしは一度、お父様にお話を聞きたいです」

バルトロマイの暗殺を計画していたのは、叔父だった。それについて、父は知っていたのか。今一度確認したい。

「バルトロマイ様も一度、ご実家へ帰られますか？」

「いいや。俺はジルと離れるべきではない、と考えている」

「えっと、つまり、わたくしの実家についてくる、ということですの？」

「ああ」

どうしてそういう思考になるのか、理解できずに頭を抱えてしまう。

「ジルの父親はカプレーティ家の中でも温厚な性質で、俺の顔を見るなり殺しにかかるようなことはしないだろう」

「しかし、もしも父が――」

悪魔を従えていたらどうするつもりなのか――という質問は、院長の前ではできなかった。

「院長、申し訳ない。世話になった。詳しい話は、何もかも解決してからするつもりだ」

バルトロマイはそう言って、お金が入っているらしい革袋を院長へ手渡した。

院長は目を細め、嬉しそうに頷く。

「ああそうだ。カプレーティ家に行くのであれば、モンテッキ卿は着替えたほうがいいでしょう。修道士が置いていった私服がありますので、どうぞお召しになっていってください」

院長の気遣いで、バルトロマイは儀仗騎士の恰好から着替えることとなった。

着替えてすぐ、フェニーチェ修道院をあとにする。

口止め料を受け取った院長は、これ以上追及せずに私達を見送ってくれた。

乗り合いの馬車に乗り、カプレーティ家の屋敷を目指す。

他に乗客もいないので、バルトロマイにヒソヒソと話しかけた。

「バルトロマイ様、お父様がもし悪魔を従えていたら、どうするおつもりですの？」

「いや、カプレーティ家の当主殿は悪魔に取り憑かれていないだろう」

「どうしてわかりますの？」

「彼から靄が漂っている様子など、一度も見たことがないから」

しかしながら父は屋敷の地下に悪魔についての本をたくさん収め、悪魔が好む餌も用意していた。

「それに、カプレーティ家の当主ですから、悪魔に取り憑かれている可能性が高いです」

「心配するな。お前の父親を信じろ」

「しかし――」

そうこう話しているうちに、屋敷近くの馬車乗り場に到着してしまった。

バルトロマイは馬車から降りると、カプレーティ家の屋敷があるほうへ歩いて行く。

本気でカプレーティ家に乗り込むようだ。

「ああ、もう！」

何が起きても、知らない。そう思いつつ、彼のあとを追いかけたのだった。

父と母は緊張の面持ちで、バルトロマイと対峙していた。
「いやはや、まさかモンテッキ家のご子息が我が家を訪ねてくるなんて」

父の言葉に、母は深々と頷いている。

なんとも言えない気まずい空気が流れていた。

両親はジッと、バルトロマイを見つめる。いったい何用だ、と問いかけているように見えた。

バルトロマイは堂々と、父に向かって疑問を投げかけた。

「今日はカプレーティ家の悪魔について、聞きにまいりました」

はっきりと述べた悪魔という言葉に、両親、特に父が瞠目する。

「なっ、そ、それは、ジュリエッタ！　お前は席を外すように」

母に目配せし、私を部屋から出そうとしたものの、バルトロマイが制する。

「当主殿、待ってください。悪魔については、彼女から聞いたことです」

「ジュリエッタ、なぜ、悪魔について知っていた？」

「地下にある書斎にある本を見てしまいましたの。それと、乾燥させたトカゲやコウモリといった、悪魔が好む餌なども発見しました」

こうなったら、両親にしっかり話を聞いておくべきだ。

遠慮なんてしていたら、問題は一生解決しないだろうから。

「バルトロマイ様は度々、命の危機にさらされていたようですが、すべてカプレーティ家の者が使役する悪魔の仕業だったようです」

「そ、そんなはずはない！　ありえない！」

父は断言するが、イラーリオに取り憑いていたルッスーリアが暴露したのだ。言い逃れなんてさせない。

「叔父様がイラーリオにバルトロマイ様の暗殺を命じていた、という話を聞きました。イラーリオは悪魔を使役し、モンテッキ家に忍び込ませていたようです」

父はわなわなと震えつつ、これまで隠されていた事情について語る。

「弟――お前の叔父には、街の秩序を少し乱す程度の命令しかしてこなかったのだが」

モンテッキ家とカプレーティ家の騒動は、意図的に起こしていたものらしい。

その指揮を執っていたのは、悪魔が取り憑いていた叔父だったと言う。

「お父様は自分の手を汚さずに、叔父様だけに命じていたわけなのですか？」

父は背中を丸め、意気消沈している様子だった。

気の毒に思ったものの、ここで追及を止めるわけにはいかない。

「ジュリエッタ、モンテッキ卿も……ふたりが悪魔の知識を持っているというのを前提で話すが――カプレーティ家では代々、当主となる者には悪魔が取り憑かないのだ」

「それはなぜ？」

「わからない」

悪魔が取り憑くのは、当主以外の者だったらしい。

「当主は悪魔が取り憑いたカプレーティ家の者を使い、モンテッキ家との争いを続けてきた。私の代でも例に漏れず、私には悪魔は取り憑かずに、弟に取り憑いたんだ」

悪魔は叔父の精神を蝕(むしば)み、病のように体の調子を悪くさせていたという。そのため、父は叔父から憎しみをぶつけられていたようだ。

「何か弟の負担を軽減できればと、研究を続けていた。それが、地下にある本や悪魔の餌だ」

バルトロマイの言う通り、父自身に悪魔は取り憑いていないらしい。

「悪魔が取り憑くという連鎖から、なんとか解放したいのだが、それも叶わなかった」

無理もないことだろう。カプレーティ家の者達が悪魔に取り憑かれるのは、魔王サタンの呪いだから。人間なんかに、解けるわけがないのだ。

「まさか弟が、モンテッキ卿の暗殺を画策していたなんて、知らなかった。知っていたら、阻止していた」

父の言葉に、バルトロマイが目を見張る。

「あなたは、俺の死を望んでいるのではなかったのですか？」

「いいや、それは違う。私達は教皇が望むまま、モンテッキ家の者達と争っているだけだ」

「教皇が争いを指示していただと？」

そういえば、悪魔について教皇は知っているようだった。

モンテッキ家とカプレーティ家の争いの歴史には、教皇が絡んでいるのか。

「お父様、教皇の命令というのは、どういうことですの？」

「うちだけじゃない。モンテッキ家もそうだろう」

バルトロマイのほうを見る。彼は知らないとばかりに、首を横に振っていた。

「モンテッキ家は皇帝の命令で、カプレーティ家との敵対関係を続けているはずだ」

どくん、どくんと胸が脈打つ。

両家の争いは憎しみによるもので、どうにもならないと思っていた。

けれども蓋を開けてみれば、原因は皇帝や教皇にあるという。

「何がきっかけだったかはわからない。ただ、皇帝や教皇にとって、国を二分するほどの争いがあったほうが、都合がよかったらしい」

そんな目論見のせいで、モンテッキ家とカプレーティ家は争っていたというわけか。

「百年ほど前に、モンテッキ家とカプレーティ家の息子と娘が、結婚しようと手と手を取り合った。その結婚により、両家の戦いは終わるはずだったんだ」

それは、前世の私とバルトロマイのことだろう。

くらくらと目眩に襲われそうになっていたが、バルトロマイは私を励ますように手を握る。

こんなところで気絶なんてしている暇はない。

しっかり前を見て、父の話に耳を傾ける。

当時、モンテッキ家とカプレーティ家の当主が話し合い、ふたりの仲を認めたついでに、争いはもう止めようと話をつけていた。

けれども、皇帝と教皇が、その計画を握りつぶした。

「両家は駆け落ちしたふたりを出迎える予定だったのだが――ふたりはすでに、命を落としていた」

そして、争いを止めることは許さない。皇帝と教皇はそれぞれの家に、釘(くぎ)を刺す。もしも逆らえば、命を落とした男女のようになるだろう、と宣言したようだ。

まさか、前世の私達の死に、このような真実があったなんて。

ショックで言葉も出なかった。

そんな状況の中、バルトロマイがとんでもない発言をする。

「俺は将来、ジュリエッタ嬢と結婚したい、と考えている」

私が驚きの声をあげるより先に、バルトロマイは私の手を握る。

私を見つめる強い瞳が、大丈夫、心配ないと訴えていた。

両親は困惑していた。無理もないだろう。敵対していたモンテッキ家の次期当主が、末娘に結婚を申し込んできたのだから。

「本気かね？」

「冗談でこんなことを言うと思っているのですか？」

「それはそうだが」

ただ、このまま結婚したとしても、カプレーティ家とモンテッキ家のいがみ合いの歴史が終わった、とはならないだろう。

以前、院長が言っていた〝根本的な問題〟――教皇と皇帝の妨害をどうにかしないと、解決しないはずだ。

「教皇と皇帝が結託し、カプレーティ家とモンテッキ家は争いを続けている。間違いないのであれば、その原因について調査します」

バルトロマイは隠された情報について、探りに行くと言う。

「そんなのは危険だ！」

「俺達には〝秘策〟がありますので」

ひとつはバルトロマイの持つ〝聖剣〟。

もうひとつは私の支配下にある悪魔、ルッスーリアだろう。

それらについて、バルトロマイは両親に隠すことなく打ち明けた。

「ああ、ジュリエッタに悪魔が取り憑いていたなんて」

「神よ……なぜそのような試練を娘に与えたのか……」

私に悪魔が取り憑いていることについて、思いのほか、両親はショックを受けていた。

秘密にしておくこともできただろうが、聖剣だけでは私と彼が行動を共にする理由について、両親が納得しないと思ったのだろう。

「ひとつ、提案がある」

「なんでしょう？」

「皇帝と教皇が隠そうとしていたことについて、調査をしたいと言うのであれば、モンテッキ卿の父君である当主殿の協力を得たい」

たしかに、皇帝の側近であるモンテッキ公爵の助力があれば、調査もしやすいだろう。

「バルトロマイ様、わたくしも、父の言う通り、モンテッキ公爵のお力を借りたほうがよいと思います」

「そうだな……。わかった」

ただ、それには条件がひとつあると言う。

「父のもとにはジュリエッタ嬢と一緒に行きたい。許可をいただけるだろうか？」

両親は顔を見合わせる。険しい表情を浮かべていた。

何かヒソヒソと言葉を交わしているようだった。

「でしたら、私どもものちのちモンテッキ家を訪問してもいいだろうか？」

「それは――」

難しいのではないか。そう思っていたものの、バルトロマイは頷く。

「わかりました。両親に伝えておきます」

バルトロマイは立ち上がり、私に手を差し伸べる。

視界の端で父がショックを受けた表情を浮かべていたが、今は気にしている場合ではないだろう。

バルトロマイの手を取り、両親へ深々と頭を下げる。

「では、お父様、お母様、わたくしはこれにて失礼いたします」

バルトロマイと共に、カプレーティ家をあとにする。

父が馬車を用意してくれたようで、彼と乗り込んだ。

バルトロマイは私の隣に腰かける。

馬車が走り出した途端に、バルトロマイが深いため息を吐いた。

「あの、バルトロマイ様、父が無理を言ってしまい、申し訳ありませんでした」

「いや、それはいいんだ。カプレーティ公爵の言うことは理にかなっている」

「では、先ほどのため息はどういった意味がありますのでしょうか？」

「それは――ジルの両親との面会で、少々高圧的な態度に出てしまったから、嫌われたのではないか、と思って」

そんなことを気にしていたのか、と拍子抜けしてしまう。

「最初のイメージが肝心なのだが」

「堂々としていて、とても立派でしたわ」

「そんなことはない。いけ好かない奴だと、ご両親は思っているだろう」

なんでも、バルトロマイは父や母に好かれたかったらしい。

「よき義理の息子として、ありたかったのだが」

「あの、その話ですが――」

「ああ、そうだったな。すまない。ジルに相談していなくて」

「いいえ、ごくごく普通の順序です」

結婚するにはまず、父親の許可をもらわないといけない。それから本人に伝わるのが一般的だ。

バルトロマイもその慣習に則り、結婚を申し込んだのだろう。

彼は熱い瞳で私を見つめ、そっと手を握る。

「ジル――ジュリエッタ。どうか俺と結婚してほしい」

バルトロマイがそう口にした瞬間、胸がどきんと高鳴った。

今の彼とならば、幸せになれるのかもしれない。

私の中にあった、彼から距離を取ろうとか、彼の幸せだけを望むとか、そういう〝強欲〟はきれいさっぱり消え去っている。

自然と、返す言葉が口から出てきた。

「ええ、喜んで」

バルトロマイは私の言葉を封じるように、そっと口づけをする。

ああ、なんて幸せな瞬間なのか。

涙がぽろりと零れた。


モンテッキ家へ向かう途中、ふと気になっていたことを思い出す。

「あの、バルトロマイ様。先ほどフェニーチェ修道院で院長と会ったときに驚いた表情を浮かべていましたが、どうかなさったのですか?」

「あ――いや、なんと言えばいいものか」

バルトロマイは眉間に深い皺を刻み、少し困惑したような表情で言葉を返す。

「以前、俺は人が喋る言葉や色が目に見える、という話をしたのを覚えているだろうか?」

「ええ」

バルトロマイは五感以外の、理屈では説明できない、特別な能力を持っているのだ。

「フェニーチェ修道院の院長の言葉や色が、前世で見た覚えがあるような気がして……」

「院長もわたくし達と同じ、生まれ変わり、というわけですの?」

「ああ、そうか。その可能性もある――いいや、ありえないか」

バルトロマイの眉間の皺がさらに深くなる。

「俺とジルは生まれ変わりだが、百年前とは文字や色は変わっている」

「同じ魂でも、別の体で生まれてきたら、文字や色は違うのですね」

「ああ、そうだ」

それなのに、院長は変わっていないように見えたため、酷く驚いてしまったと言う。

ただ、彼がどこの誰だったか、というのは思い出せないらしい。

前世の記憶が甦ったと言っていたが、まだ完璧に戻ったわけではないようだ。

「わたくし達の前世から生きてきたとしたら、院長の実年齢は百歳以上になりますね」

見た目での判断だが、院長の年齢は五十代半ばくらいだろう。

百年以上生きているなんて、ありえない。

「ただ俺の前世の記憶は曖昧だ。似た人の文字や色を記憶していて、勘違いしている可能性もある」

「ええ」

ひとまずこの件については、頭の隅っこに追いやっておこう。

そんな会話をしているうちに、モンテッキ家に到着した。

バルトロマイは先に馬車を降り、私をエスコートしてくれる。

モンテッキ夫人が私達を待ち構えていたようで、歓迎してくれた。

派手な愛人の変装はしていなかったのだが、モンテッキ夫人は少し目を見張るばかりで、指摘などは何もなかった。

「ジルさん、バルトロマイ、おかえりなさい。おいしいお菓子があるの！　一緒にどうかしら？」

「母上、いいですね」

いつになく素直な態度を見せたからか、モンテッキ夫人は瞠目する。

「あ、あら、本当に驚いた。長い反抗期が……終わったのかしら？」

「違います。改めて、彼女について紹介しようと思ったわけです」

「あら、そう。立ち話もなんだから、お茶を囲みながら話しましょう」

モンテッキ夫人はもしかしたら、私の正体についてすでに気付いているのかもしれない。

腹を括り、一歩一歩と前に進む。

侍女が淹れてくれた紅茶を飲み、ふーと息を吐く。

「それでバルトロマイ、ジルさんを紹介したいというのは、いったいなんなの？」

「彼女の本当の名を、お伝えします」

私は立ち上がり、胸に手を当てて、深々と頭を下げる。

それに合わせるように、バルトロマイが紹介してくれた。

「彼女はジュリエッタ・カプレーティといいます」

顔を伏せているのでわからないが、モンテッキ夫人はとてつもなく驚いているだろう。

モンテッキ夫人の顔を見ることができない。頭を下げたまま、硬直してしまう。

「ジル、もういい。頭を上げて――」

バルトロマイが言いかけた瞬間、モンテッキ夫人が私のもとへ駆け寄り、左右の頬を包み込むように触れる。

まさか、このまま罵声を浴びるかもしれない。

そう思っていたのに、モンテッキ夫人は涙を浮かべた目で私を覗き込んでいた。

「あなたのこと、深い事情があるどこかのお嬢様だとずっと思っていたの。愛人だと名乗らせて、申し訳ないとも考えていたわ。まさか、カプレーティ家のお嬢様だったなんて！」

「あの、騙していて、申し訳ありませんでした」

「いいのよ。辛い思いをさせてしまって、ごめんなさい」

モンテッキ夫人は私を抱きしめ、赤子をあやすように優しく背中を撫でてくれる。

眦から涙が溢れ、モンテッキ夫人と一緒に泣いてしまった。

互いに落ち着きを取り戻したあと、これまでの経緯をバルトロマイが説明してくれた。

「そうだったの。大変だったわね」

モンテッキ夫人は外から嫁いできたので、モンテッキ家とカプレーティ家の争いについて、愚かなことだとしか思っていなかったようだ。

「モンテッキ家とカプレーティ家の因縁がなくなれば、夫の無事を祈る夜もなくなると思うの。ふたつの家が仲直りすることは、すばらしいことだと思うわ」

その話を聞いて、ホッと胸をなで下ろす。

「ただ、夫には言わないほうがいいと思うの。あの人は皇帝陛下の忠実な僕だから。寛大な様子を見せていても、油断ならない人なの」

私とバルトロマイの未来に光が差し込んできたように思えたが、まだまだ前途多難というわけだ。

「あの、このあと、わたくしの両親がここを訪問するようになっているのですが」

「そう。私がおもてなしをしておくから、あなた達はここを出て、皇帝陛下のもとへ調査しに行きなさい。と、その前に、少し待ってくれるかしら？」

モンテッキ夫人は私達を残し、部屋から去って行く。

十五分後、戻ってきた。手には金の鍵が握られている。

「これを持って行きなさい」

「母上、こちらは？」

「この国の歴史について書かれた書物がある部屋の鍵よ」

「な、なぜ母上がこれを？」

「私は皇帝陛下の再従妹（はとこ）なの。乳兄妹でもあったから、昔から仲がよかったんだけれど、嫁ぐときに、これを持って皇家を出て、死んだあとは私の遺体と一緒に燃やすように言われていたのよ」

つまり皇帝は鍵の消滅をもって、証拠隠滅させようと目論んでいたわけだ。

「皇帝陛下の寝室にある暖炉が仕掛け扉になっているから、調べてくるといいわ」

モンテッキ夫人の言葉に、私とバルトロマイは頷いたのだった。

行動を起こすならば、早いほうがいい。

バルトロマイはそう言って、すぐに発つと告げてきた。

「今の時間ならば、掃除なども終わっているだろう。皇帝陛下は今日議会に参加しているだろうから、寝所へは夜まで誰も近寄らないだろう」

さすが、皇帝派の護衛騎士である。先々のスケジュールまで把握していたようだ。

「でしたら、ルッスーリアの能力を使って、移動しましょう」

バルトロマイの部屋に入り、寝台の上でルッスーリアを喚ぶと、ヌッと顔だけ出してくる。

『下着!』

「挨拶みたいに言わないでくださいませ!」

報酬もなく転移を頼むのもどうかと思ったので、先ほど屋敷のメイドに頼んで、シルクの下着を買いに行ってもらっていた。

それを差し出したものの、ルッスーリアはカッと目を見開きながら訴える。

『これは未使用だ!』

「どうしてわかるのですか!」

『わかるぞ! 下着の悪魔をバカにしないでほしい』

「あなたは色欲の悪魔でしょう」

いったい何を言っているのか。話していると、頭が痛くなる。

バルトロマイは聖剣の柄を握り、今にも抜刀しそうだった。

ルッスーリアの命が危ない。上手い具合に説得しよう。

もちろん、この下着を着用して渡すわけではない。

「そちらの下着を踏んで差し上げますので、満足していただけます？」

『下着を、踏む……だと？』

「ええ。踵で、ですが」

これがルッスーリアの下着要求にできる精一杯のことである。

ルッスーリアは黙ったまま、反応しない。やはり、ダメだったか。

そう思っていたが――。

『し、下着を踏むなんて、新しい!! ぜひとも頼む!!』

思っていた以上に、あっさり承諾してくれた。

ルッスーリアが丁寧に広げた下着を、思いっきり踵で踏みつける。

このド変態!! と思ったものの、口にしたら彼が喜んでしまう。

必死に耐えながら、下着を踏んだのだった。

『ああ、すばらしい!! 下着を乙女が踏みつけるという行為は、なんて清らかなんだ!! まるで芸術だ!!』

「ルッスーリア、そんなことはどうでもよいので、皇帝陛下の寝台まで連れて行ってくださいませ」

『お安い御用だ！』

そう言った途端、景色が変わる。

バルトロマイの寝室から、皇帝陛下の寝台らしき場所へ降り立った。

ここで間違いないのか。バルトロマイのほうを見ると、こくりと頷いていた。無事、皇帝陛下の寝所に侵入できたようだ。

天蓋付きの寝台には、上等なリネンのシーツが広げられている。毛布はウサギの毛皮でできていた。毛足の長い絨毯はふかふかで、マホガニーの円卓や寝椅子が品よく置かれていた。

目的の暖炉はすぐに見つかる。

黄金の飾り枠(マントルピース)に囲まれていて、これでもかとばかりに存在感を放っていた。

掃除はきちんとされているようで、灰の一粒さえも落ちていない。

バルトロマイが覗き込むが、鍵を差し込むような穴はないと言う。

「あの、バルトロマイ様、灯りをどうぞ」

「ジル、ありがとう」

角灯を受け取ったバルトロマイが、隅々まで探していく。

「いや、ない――」

「ありました!!」

黄金のマントルピースに彫られた、獅子(しし)の口の中に鍵穴が隠されていた。

「暖炉の中ではなく、外だったのか」

「そのようです」

バルトロマイが鍵穴に鍵を差し込むと、赤い魔法陣が浮かび上がった。

ルッスーリアの転移魔法と似ている。

「これは、悪魔の術式だな」

「ええ……。バルトロマイ様、どうしますか?」

「行くしかないだろう」

バルトロマイは私に手を差し出してくれる。

ここで待っているように言われるかもしれない、と覚悟していたので驚いた。

「ジル、どうした? 怖いのか?」

「いいえ。バルトロマイ様と一緒ならば、どこへ行くのも怖くありません」

そう言って、彼の手を握る。

そうして一度頷き合ってから、魔法陣の上に足を踏み入れたのだった。


感覚は転移魔法と同じであった。すぐに景色が変わり、地上へ降り立つ。

そこは地下のようにじめじめした、薄暗い場所だった。

地面から突き出た水晶に似たものが、ほんのり発光している。

真っ暗ではないものの、視界はすこぶる悪い。

地響きのような妙な音がして、肉が腐ったような悪臭が漂っていた。

さらに、ここにやってきてからずっと、悪寒が収まらない。

ガタガタと奥歯が鳴るのを、必死に堪えた。

「バルトロマイ様、いったいここは、どこなのでしょうか?」

「わからない」

図書室のような場所に降り立つものだと思っていた。

しかしながら、ここはまるで――。

「地下牢のようだ」

バルトロマイがそう呟いた瞬間、真っ赤な魔法陣が浮かび上がる。

地面に生える水晶も強く発光し、空間を明るく照らす。

「あ、あれは⁉」

魔法陣の上に、何かがいた。

全身黒く、ナイフのように鋭い棘を背中に生やした、この世でもっとも邪悪な魔物。

「バルトロマイ様、邪竜です！」

私が叫んだ瞬間、バルトロマイは聖剣を引き抜いていた。

邪竜の大きさは馬六頭分くらいだろうか。とにかく大きくて不気味だ。

威嚇するように牙を剝き出しにし、背中に生やした鋭利な棘を逆立たせている。

邪竜にとって、私達が気に食わない存在だというのは明らかだろう。

『グルルルル――‼』

地響きだと思っていたものは邪竜の鳴き声だったようだ。

明るくなった途端、ジタバタと暴れ回っている。

なぜ、敵意を剝き出しにしているのに、襲いかかってこないのか。

よくよく見たら、邪竜の足が白い鎖で繋がれていた。

「あの鎖は――」

バルトロマイは何か思い出したらしい。

「見覚えがありますの？」

「ああ。モンテッキ家にある絵画の中で、邪竜に跨がる魔王サタンが、手綱のように握っていた」

さらにその鎖と似たようなものが、聖物保管庫に置かれていたらしい。

「なぜ、クレシェンテ大聖宮に絵画に描かれた鎖があったのか、と疑問に思っていたのだが……」

父が話していたように、皇帝と教皇は結託して、何かしようとしていたのか。

『ギュオオオオオン‼』

邪竜が体を大きく動かしたかと思えば、鎖を引きちぎった。

「ジル、下がっておけ！」

「は、はい！」

バルトロマイは襲いくる邪竜に、聖剣で応戦する。

『ギャオオオオオ‼』

邪竜は黒いブレスを吐き出したが、聖剣で斬りつけると消滅する。

黒いブレスは悪魔が持つ靄に似ていた。人間に悪影響を及ぼすものなのだろう。

聖剣で斬りつけようとしたが、邪竜はずんぐりとした図体（ずうたい）に反し、案外素早い。

バルトロマイの一撃をくるりと回避したかと思えば、尾を鞭のようにしならせて攻撃してくる。

尾は石床に当たり、その付近を木っ端微塵に砕いていた。あれが当たったら、ひとたまりもないだろう。

なんとか一撃与え、邪竜の皮膚を聖剣で斬り裂いた。

けれども、真っ赤な魔法陣が浮かび、傷口が一瞬で塞がっていく。

あれはアヴァリツィアが使っていた、違背回復魔法だろう。

それから、バルトロマイが隙を見て聖剣で攻撃するも、傷はすぐに回復してしまう。

このままでは、彼の体力が保たないだろう。

どうすればいいのか。

『ギャア‼』

邪竜の尾が聖剣を弾き飛ばす。床の上をくるくる回転し、私のもとへ転がってきた。

「バルトロマイ様‼」

急いで拾い上げると、聖剣が眩い光を放つ。

柄がガタガタと震え、手で持っていられなくなりそうだった。

足元もふらつき、今にも倒れそう。

「ジル‼」

バルトロマイがやってきて私の手を包むように聖剣を握り、さらに腰も支えてくれる。

「バルトロマイ様、これはいったい――⁉」

「わからない。ただ、邪竜が苦しんでいる今が、またとない機会だろう」

邪竜のほうを見ると聖剣の光を受け、苦しみにもがいているようだった。

聖剣を掲げると、光が束となる。

振り下ろしたそれは、邪竜の首を刎ね飛ばした。

『ギャアアアアアアア‼』

邪竜は光の粒となり、消えていった。

「た、倒した、のですか？」

「そうみたいだ」

脱力し、その場に頽れそうになったものの、バルトロマイがしっかり支えてくれる。立っていられないことに気付くと、その場に座らせてくれた。

「いきなり邪竜と対峙することになるなんて」

「驚いたな」

バルトロマイはさすが騎士と言うべきか。邪竜を前にしても、さほど動揺していなかった。

とは言っても、邪竜みたいな化け物と戦うのは彼とて初めてだろうが。

「バルトロマイ様、部屋の隅に木箱が置かれています」

それは邪竜が繋がれていた辺りだろうか。明らかに、邪竜に守らせていた品だろう。

深呼吸し、落ち着きを取り戻した私は、バルトロマイと共に木箱を確認する。

施錠などされていない木箱の中には、古めかしい巻物があるばかりであった。

「これはなんだ？」

「中を見てみましょう」

それはヴィアラッテア帝国の歴史について記録されている巻物だった。

つらつらと長い歴史が書かれている。

その中でも特に、頭角を現していく一族――ローラ家についての記録が多い。

ローラ家は歴史の裏で暗躍し、国の発展のきっかけともなる功績をいくつも挙げたため、皇帝からも気に入られていたらしい。

しかしながらある日、そのローラ家の意見は皇帝から軽んじられるようになった。

彼らは民の税率を引き上げ、ヴィアラッテア帝国をさらに大きく、豊かにしようとしていたらしい。けれども国情が安定しつつある中で、それは悪手であると皇帝は判断したようだ。

皇帝の決定に納得がいかなかったローラ家の当主は――あろうことか皇位簒奪(さんだつ)を計画し、実行した。

ローラ家は皇帝一家の命を奪っただけでなく、一族に従わない貴族や彼らを支持する市民を次々と闇へ葬った。

しだいに大きな内乱となり、帝都は戦火に呑み込まれる。

美しかった帝都は無惨な姿と成り果て、人々は絶望した。

ローラ家の当主は頃合いを見て、隠し子だった己の息子を皇帝一族の生き残りとして立てた。

すでにその当時、ローラ家に反抗する貴族はいなかったため、誰も異論を唱えなかったのである。

事情を知らない人々は、その生き残りの青年を新たな皇帝として崇めた。

次々と暗躍する中で、ローラ家の当主は教会の復興にも力を入れていた。

体制が整うとローラ家の当主が教皇となり、教会の絶対的な権力を握ったのである。内乱で傷ついた人々の心を癒やすよう画策し、人々からの寄付でクレシェンテ大聖宮を建てた。

「つまり、この国は一度ローラ家に滅ぼされ、皇家と教会は乗っ取られていた、というわけだったのか」

「そのようですね」

信じがたい歴史の真実である。

書かれていたのは、それだけではなかった。

ローラ家の当主が摂政となって行っていた国の政治は、税金を極限まで上げ、皇族ばかり裕福な暮らしをし、国民を下僕のように扱うという酷いものであった。

一度大きな革命が起きたようだが、なんとか制圧したらしい。

このままではいけないと思ったローラ家の当主は、ある名案を思いつく。

それは影響力のある貴族を仲違い（なかたが）させ、争わせるというものであった。互いに憎み合うように仕向け、一族の味方をする者は身分に関係なく、支援するよう命じたらしい。

「それが、カプレーティ家とモンテッキ家の争いの発端——だと⁉」

ふたつの一族の啀み合い（いが）は、首都ベルヴァの人々を二分するほどの大きな勢力となった。

皆、争うのに夢中で、皇帝がどんなに悪辣な政治をしても、教皇が寄付金を懐に入れても、気付かなかったのである。

「こんな……こんなことがありうるのでしょうか？」

「酷いとしか言いようがない」

最後に、血で書かれたような文字があった。

そこには、こう記されている。

――歴史の記録師である私を狙う者がいる。もしもこの記録を処分しようものならば、魔王サタンが許さないだろう。

黒ずんだ血で魔法陣が描かれていた。

この記録書を処分したり、どこかへ捨てようとしたりしたら、魔王サタンが国を滅ぼすという魔法らしい。

「そんな事情があったので、邪竜に守らせていたのですね。それで誰にも見つからなければ魔法が発動しないことを確認してから、鍵をも葬り去ろうと」

「そのようだな」

あまりの情報量に、言葉を失ってしまう。

カプレーティ家とモンテッキ家の長い長い争いの歴史の裏には、とんでもない秘密が隠されていたのだ。

バルトロマイは眉間に皺を寄せ、苦しいような切ないような、なんとも言えない表情を浮かべていた。

それも無理はない。前世の私達は皇帝や教皇が暗躍を続けたいがために、潰されたようなものだから。

「バルトロマイ様、これからどうなさるおつもりですか？」

「ひとまず、カプレーティ公爵に報告して、母にも相談したほうがいいだろう。それから——」

そこでバルトロマイが口を噤む。

どうすればいいのか、何をすれば正解なのか、きっとわからないのかもしれない。

俯くバルトロマイを抱きしめる。

「ジル……。このままどこかへ逃げて、ふたりでひっそり暮らせたら、とても幸せだろうな」

「ええ」

ただ、前世のように手と手を取り合って逃げた私達を、皇帝と教皇は逃がさないだろう。地の果てでも追いかけてくるのはわかりきっていることだ。

たぶんバルトロマイは、告発してももみ消されてしまう可能性を危惧していたに違いない。

汚い手を使って長年帝国を牛耳っていた者達ならば、真実を潰すことなどなんとも思っていないだろう。

ただ、前世と違って、歴史が記録された巻物は私達の手にある。

だからきっと上手く立ち回れば、勝利を掴めるはずだ。

彼から離れ、顔を覗き込む。

手を握り、ある願いを口にした。

「バルトロマイ様、今世では、わたくし、お父様やお母様、それからたくさんの人達に祝福されながら結婚したいです」

そう口にした瞬間、バルトロマイの瞳に光が宿る。

「ああ、そうだな。もう、逃げてはいけないのかもしれない」

バルトロマイと抱擁を交わし、立ち上がった。

ひとまずカプレーティ家へ帰ろう。一度皇帝陛下の寝所に戻ると、廊下がバタバタと騒がしい。

「なんの騒ぎだ？」

「バルトロマイ様、ひとまず他の寝室へ移りましょう」

私達がここにいることを、誰かに見つかったら大変だ。

ルッスーリアに頼んで、バルトロマイの所属する近衛騎士隊の寝台へ移動する。

ここでも、部屋の外は大騒動だった。

「ジル、ここに隠れておけ。事情を聞いてくる」

「ええ、わかりました」

寝室の扉がパタンと閉ざされると、騎士達の畏(かしこ)まるような声が聞こえた。

そして、騒動についても報告される。

「――教皇聖下がイラーリオ・カプレーティの手によって、暗殺されました！」

「さらに、イラーリオ・カプレーティは教皇聖下の首を下げ、皇帝陛下のもとに向かおうとしています！」

「なんだと⁉」

悪魔に支配されたイラーリオは、とんでもない悪事を働いていたようだ。

バルトロマイは騎士達に皇帝の傍で警護するように命令し、私のもとへ戻ってくる。

「ジル、今の言葉を聞いていたか？」

「え、ええ。ま、まさか、イラーリオがそんなことをするなんて」

手がガタガタと震える。ぎゅっと拳を握ろうとしたら、バルトロマイが私の手を握って制す。

「ジル、すまないが先にカプレーティ家に戻っていてくれ。俺は皇帝陛下のもとへ向かわないといけない」

「それはできません！」

今、離ればなれになったら、永遠に会えないような気がして、彼にすがってしまう。

「危険なのも、足手まといなのも、重々承知の上です！　ですが、あなたと共にありたいのです」

「ジル……ジュリエッタ……」

バルトロマイは私を抱きしめ、どうして、と切なげな声で囁く。

「わたくしの、最後の我が儘です。どうか、叶えてくださいませ」

「最後の我が儘だなんて言うな」

バルトロマイが目をきりりとつり上げながら物申す。

たしかに、縁起が悪い言い方だったかもしれない。

「事件が解決したら、ジルの我が儘を毎日聞いてやるから」

「！」

バルトロマイは迷いのない瞳を向け、私に言う。

「ジル、行こうか」

「はい！」

イラーリオは皇帝がいる謁見の間に向かっているという。

だから私達は、近衛騎士の中でも一部の者しか知らない隠し通路を通って先回りするようだ。

「ジル、こっちだ」

「ええ」

バルトロマイの執務室に移動し、本棚にある本を手に取り、出したり入れたりを繰り返す。すると、ガコン、と音を立てて本棚が動き、くるりと回転して扉が現れた。ここが隠し通路の入り口だという。

バルトロマイの誘導で、薄暗い隠し通路を通って行く。

五分ほど進んだ先に、謁見の間から少し離れた廊下に出る扉を通って外に出た。

騎士達がバタバタと慌ただしく走り回っている。

遠くのほうから、悲鳴にも似た声が響き渡った。

「に、逃げろ!!　俺達が勝てる相手では――ぎゃああああああ!!」

断末魔のような叫びが聞こえ、ゾッと鳥肌が立った。

現場に向かっていったはずの騎士達が、こちらへ戻ってくる。

黒い靄のようなものが足元に流れてきて、ゾッとしてしまった。

しだいに、こちらへ向かってくる者の姿が見え始める。

「あ、あれは――!?」

左手に教皇の髪を摑んで生首を引きずり、右手には槍を握るイラーリオの姿である。

以前は靄で姿が見えない状態だったが、今はその靄が足元にまとわりついているばかりだった。

コツ、コツと足音を立てて接近し、ついにはバルトロマイと対峙する形となった。

「またお前か。くどい」

憤怒の悪魔に支配されていたイラーリオだったが、正気を取り戻したのか。普段の彼に戻っているような気がした。

イラーリオは私に気付くと、憎しみが籠もった目で睨みつけてくる。

「ジュリエッタ、こっちに来い」

「お断りします」

「ならば、あの男を殺して、無理にでも連れて行こう」

イラーリオは教皇の生首をバルトロマイに投げ、槍を突き出した。

バルトロマイは迫り来る生首とイラーリオの槍を回避し、聖剣を引き抜く。

「イラーリオ・カプレーティ、なぜ、教皇を殺した!?」

「それは、〝イーラ〟を再び服従させるためだ」

「イーラとは?」

「悪魔の名だ!!」

イラーリオが叫びながら鋭い突きを繰り出す。バルトロマイは切っ先が届く寸前で避け、剣で槍を叩いて強く払った。

察するに、イラーリオは一時期悪魔イーラに支配されていたものの、教皇の命を捧げることにより、再び服従させたのだろう。

「ここへはなぜやってきた？」

「それは——皇帝の命を悪魔に捧げて、さらなる力を得るためだ」

「愚かな‼」

悪魔に支配されたイラーリオは普段より戦闘能力が跳ね上がっていた。ただ、過去に二度、バルトロマイと戦ったときほどではない。

悪魔を支配するよりも、支配されている状態のほうが高い戦闘能力を発揮できるのだろう、

「バルトロマイ・モンテッキ‼　お前のおかげで、もうひとつ目的ができた。ジュリエッタを連れ帰って、妻にしてやろう」

「それはさせない‼」

バルトロマイの想いに反応したのか、聖剣が強い輝きを放つ。

「な、なんだ、それは⁉」

「邪悪なる者を斬る、聖なる剣だ！」

バルトロマイはイラーリオの突きを身を翻しながらひらりと回避し、その勢いのまま斬りつける。

「ぐはっ‼」

イラーリオは膝を突き、手にしていた槍も落としてしまう。

「はあ、はあ、はあ」

バルトロマイはイラーリオに剣を向け、声をかけた。

「大人しく降参しろ」

「するかよ」

イラーリオは床に落とした槍を拾い上げ、バルトロマイに投げつける。

槍は蛇――悪魔イーラの姿に戻り、牙を剝き出しにして襲いかかってきた。

『シャア‼』

バルトロマイは聖剣を振り上げ、イーラを叩き切る。

両断されたイーラは、びくびく痙攣していたものの、バルトロマイが聖剣で頭を潰すと、黒い灰と化して消えてなくなった。

イーラが消滅するのと同時に、イラーリオが倒れる。

「イラーリオ⁉」

その体は周囲を漂っていた靄に覆われ、一瞬のうちに全身がしわくちゃになっていった。

「ジル、これは――⁉」

「靄がイラーリオの精気を吸い尽くしてしまったのかもしれません」

もともと、イーラに体を乗っ取られているときから、命が尽きかけていた可能性がある。イーラの消滅と共に、イラーリオの体も限界を迎えたのだろう。

『サナイ……許サナイ……』

「え？」

突然、ミイラみたいにしわくちゃになったイラーリオが喋り始めた。

「な、なんですの⁉」

「ジル、下がれ！」

――憤怒ノ炎ヨ、悪シキ存在（モノ）ヲ、灼（ヤ）キ尽クセ‼

呪文を唱えるような声が聞こえたあと、イラーリオの遺体が、ボッと音を立てて発火する。

おぞましい、黒い炎だった。

イラーリオの遺体は炎に呑まれて灰と化し、炎はバルトロマイや私を避けて廊下を駆け抜ける。

「あの炎は、もしや、皇帝陛下のもとへ行ったのか？」

「追いかけませんと！」

謁見の間の前には、多くの騎士が皇帝を守るために待ち構えていた。

不審な黒い炎を前に、果敢にも剣を抜く。

バルトロマイが騎士達に撤退を命令するも、皇帝を守るためだと言って聞かなかった。

そして――。

「ぎゃあああああ‼」

黒い炎がひとりの騎士を燃やし尽くしてしまう。それを見た他の騎士達は、ようやくバルトロマイの命令を聞いてその場から離れて行った。

黒い炎は謁見の間の扉を焼き、皇帝の前に躍り出る。

やっとのことで追いついたバルトロマイは、聖剣で黒い炎を突き刺した。

だがそれは消滅せず、聖剣に縫い付けられるようにしてうごめくばかり。

皇帝は玉座に腰かけたまま、冷静に問いかける。

「バルトロマイよ、なんだ、その黒い物体は？」

「これは、悪魔に取り憑かれたイラーリオ・カプレーティのなれの果てです」

「バカな！」

バルトロマイは皇帝の前で訴える。

「これがカプレーティ家とモンテッキ家の争いを長引かせた弊害です。皇帝陛下、どうか、この争いに終止符を打ってください」

「なぜ、それを我に言う？」

玉座の背後に立っていたバルトロマイの父親であり、宰相でもあるモンテッキ公爵が、皇帝に何かヒソヒソと話していた。

やはりモンテッキ公爵は根っからの皇帝派なのだろう。最初に感じた印象のように、油断ならない人物だったのだ。

モンテッキ公爵の耳打ちを聞いてハッとなった皇帝は、すぐさま黒い炎の討伐を近衛騎士達に命令する。

騎士達はバルトロマイと黒い炎の近くに駆け寄り、剣を引き抜く。

「バルトロマイ、退け！　その悪魔は我々が成敗する」

そう宣言したのは、近衛部隊の隊長である。バルトロマイは必死になって訴えた。

「なりません！　これは普通の方法では倒せないのです！」

「しばし大人しくしておけ」

そう言うやいなや、脇に避けていた騎士達がバルトロマイを取り押さえる。

聖剣も引き抜かれ、黒い炎は自由の身となった。

「一斉攻撃‼」

隊長の号令に合わせ、騎士達が一気に剣で黒い炎を突いた。

しかしながら、黒い炎は剣をすり抜け、皇帝に襲いかかる。

「う、うわあああああ‼」

皇帝の叫び声が響き渡る。

バルトロマイは騎士に奪われていた聖剣を取り返し、黒い炎に斬りかかった。

「消えろ‼」

その叫びと同時に聖剣が輝きを帯び、黒い炎は消えていく。

「やった、のか？」

皇帝の問いかけに、バルトロマイは頷いた。

「皇帝陛下、今回の騒動で、このような品を拝見しました」

バルトロマイは上手い具合に言葉を濁しながら、帝国の歴史が書かれた巻物を皇帝陛下へ返す。

「こ、これは――厳重に保管されていたものではないのか⁉」

「ええ。よほど大切なものなのか、邪竜が守護していたそうです」

モンテッキ公爵は再度、皇帝に耳打ちする。

近衛騎士達の耳目があったので、いつの間にか彼らを下がらせたようだ。

幸いにも、私は追い出されなかった。

「バルトロマイ、何が目的なんだ？」

「カプレーティ家とモンテッキ家の争いを止めてください」

「それは双方の家が勝手に争っていることだろうが！」

「いいえ、違います。両家の争いは、教皇と皇帝陛下の命令で行われていたものです」

ここでモンテッキ公爵がバルトロマイのもとへやってきて、まさかの行動に出る。

頬を思いっきり叩いたのだ。実の息子といえど、皇帝に楯突く者は容赦しないのだろう。

「バルトロマイ、皇帝陛下に謝罪するんだ！」

「嫌です。こんなの、納得できません」

モンテッキ公爵はもう一度、バルトロマイを叩こうとしたが、今度は腕を摑んで阻止した。一度目は叩かれてあげたのだろう。

「もう教皇はおりません。皇帝陛下さえ許可してくれたら、カプレーティ家とモンテッキ家は平和に――」

「う、うるさい！　こんな巻物があるから悪いんだ‼」

皇帝はそう叫ぶや否や、巻物を破いてしまう。

それから足で踏み付け、モンテッキ公爵に燃やすよう命じていた。

「陛下、父上、なりません」

「バルトロマイ、少し黙っておけ‼」

モンテッキ公爵はバルトロマイを叱りながら、巻物に火を点ける。

瞬く間に燃えていき——真っ赤な魔法陣だけが大理石の床に残った。

「おい、モンテッキよ。なんだ、この汚れは」

「先ほどまではなかったのですが」

モンテッキ公爵が魔法陣に触れると、全身が黒い炎に包まれる。

「う、うわあああああああ‼」

「な、なんだこれは⁉」

黒い炎は瞬く間に広がり、謁見の間を黒い炎で包んでいく。

巻物にあった警告を無視し、破って燃やしたために、魔法が発動してしまったのだろう。

「ジル‼」

バルトロマイは私を横抱きにし、謁見の間から脱出しようとした。

けれども出入り口にも黒い炎が燃え上がり、それを許さない。

イラーリオが作った炎とは異なり、聖剣でも斬れなかった。

「くっ、閉じ込められてしまったか」

「バルトロマイ様、モンテッキ公爵は？」

「もう手遅れだろう」

モンテッキ公爵の体は炎に包まれ、倒れ込む。それを見た皇帝陛下は逃げようとするも、黒い炎はどこまでも追いかけていた。

「寄るな！　くそが！」

皇帝は途中で転倒してしまった。

バルトロマイに助けを求めようと手を伸ばしていたが、黒い炎に包まれてしまう。

「ぎゃあああああああ」

皇帝はじたばた暴れ、黒い炎を振りほどこうとしていたが、無駄な抵抗だったのだろう。

私達は為(な)す術もなく、身を寄せ合っているばかりであった。

玉座があった辺りに、巨大な赤い魔法陣が浮かび上がる。

バチバチと火花を散らし、天井につきそうなほどの靄が噴き上がる。

そこから、人影が浮かんだ。

魔王サタンが降り立ってしまったのか。

思っていたよりも小柄な男性である。

黒い炎の影響か、視界が霞んでいる。目を擦ると、その姿が鮮明になった。

「え⁉」

「あれは――」

黒い修道服に、十字架のペンダントを下げた、人の好さそうな中年男性。

フェニーチェ修道院の院長である。

「あの、院長、どうして？」

「おやおや、ここにやってきても、気付かないのですか？」

「思い出した、魔王サタン！」

突然、バルトロマイが叫ぶ。

いったいどういうことなのか。彼の顔を見上げた。

「バルトロマイ様、どうかなさいましたの？」

「前世で、この男が俺に契約を持ちかけたんだ。俺の命と引き換えに、生まれ変わらせてやると。そうすればジルと結ばれると。俺はその誘いに乗って――死んだ」

まさか前世の彼に対し、そのような契約を持ちかけていたのが院長だったなんて。

そういえば、バルトロマイは記憶が戻ったあと、院長を見て驚いた反応を見せていた。

前世で会った覚えがある、という記憶は正しかったのだ。

「なぜ、あなたは神父の姿でいたのですか？」

「それは、ちょっとした娯楽でしょうか？」

「娯楽？」

「ええ。愚かな人間は、何百年と見ていても飽きません」

「わたくし達も、そういう目で見ていたのですか？」

「もちろん」

ゾッとする。

誰よりも親身に相談に乗ってくれた院長が、魔王サタンだったなんて。

「皇帝陛下とモンテッキ公爵をこのような状態にして、何がしたいのですか?」

「別に何も。ただ、巻物に記された魔法に従ったまでです」

——歴史の記録師である私を狙う者がいる。もしもこの記録を処分しようものならば、魔王サタンが許さないだろう。

魔法と言えば、本当に彼は帝都を灼き尽くしてしまうつもりなのか。

そう問いかけようとしたら、すぐ傍で怒号が聞こえた。

「バルトロマイ!! お前が、お前が巻物なんか持ってくるから、我がこんな目に遭うんだ——!!」

黒い炎にまみれた皇帝が、襲いかかってくる。

しかしながら、院長が手をかざした瞬間、黒い炎は勢いを増し、全身を焼いてしまった。

「があああああああああ、ああ、あああ……!!」

あっという間に皇帝の体は消えてなくなる。

「さて、と。このあと、どうしますか?」

院長もとい、魔王サタンの問いかけに、私達は言葉を失った。

「特に希望がないようでしたら、魔法で希望があった通り、帝都を滅ぼそうと思っているのですが」

「それは勘弁してくれ」

バルトロマイの言葉に、私もこくこく頷く。

ひとつ、願いを思いつく。バルトロマイにヒソヒソと耳打ちすると、問題ないと頷いてくれた。

「今回の騒動のすべてを、謎の暗殺集団による騒ぎだということにしてほしい」

「おやおや、イラーリオ・カプレーティに責任を押しつけなくてもいいのですか？」

「彼には悪魔が取り憑いていた。ある意味被害者だろう。もちろん彼がした犯行は許されるべきではないが……」

「わかりました。では、この事態を見事に収束してみせましょう」

魔王サタンの魔法により、モンテッキ公爵と皇帝の遺体は修繕され、胸にナイフが刺さった状態になっていた。

黒い炎に焼かれた騎士達も、玉座の間に集められ、損傷が激しかった遺体は元通りになる。どうやら名誉の死を演出しているようだ。

「それで、新しい皇帝にはモンテッキ卿、あなたがなるのですか？」

「そんなわけあるか！」

この国には皇位継承権を持つ皇太子がいる。まだ二十五歳と若いが、野心など芽生えていないだろう。

経験を積んだら、よい皇帝になるはずだ。

「さて、と私の役割もこれまでのようですね。正体がバレてしまった以上、フェニーチェ修道院には帰れませんし」

「あの、どうしてわたくし達を助けてくれたのですか？」

「それは――カプレーティ家とモンテッキ家の争いに飽き飽きしてしまったから、でしょうか？」

仕様もない理由に、がっくりとうな垂れてしまう。

「私にとって、人間達の人生を眺めるのは趣味のひとつなんです。不幸であればあるほど、楽しめるのですが」

「は、はあ」

「まあ、たまにはハッピーエンドもいいでしょう。あなた達が最初で最後かもしれませんが」

私には到底、理解できない趣味であった。他にも趣味があるらしいが、聞かなかったことにする。

「これからどうしますの？」

「そろそろ若作りが怪しまれる気配がしておりますので、転勤とかなんとか言って、ここから離れる予定です」

「そう、でしたか」

寂しい気持ちになってしまうのは、魔王サタンがこれまでお世話になった院長の姿をしているからだろう。

「これからも人間達が運命に抗い、もがく様子を、いろんな場所から拝見させていただきますね！」

寂しいだなんて言葉は撤回する。今すぐどこかに行ってほしい。

「また、どこかで会いましょう」

魔法サタンはそんな言葉を残し、消えていった。

事件は解決したようだが、失った存在(もの)も多かった――。

それからというもの、カプレーティ家に取り憑いていた悪魔達は姿を消してしまった。

アヴァリツィアはもちろん、ルッスーリアもいくら呼んでも、私の声に反応しなかった。

魔王サタンが、悪魔達を封じてくれたのだろうか。

だとしたら、感謝しないといけない。

皇帝と教皇が崩御した帝都は、混乱に陥った。

けれども新しく即位した二十五歳の皇帝は、見事に国民をまとめてみせる。

もちろん周囲の支えもあったのだが、若年ながらもしっかり皇帝としての意識があるようだった。

今日も税金の見直しや、皇族や貴族を優遇するような法律を改定する、と意気込んでいたらしい。

帝国の未来は明るい、と皆が口々に話していた。

モンテッキ公爵の死去がきっかけで、カプレーティ家との争いを止めよう、という動きが広がっていく。

皆が手と手を取り合い、困っている人達がいたら力を合わせて支援する。

そんな社会を作るため、父は奔走しているようだ。

バルトロマイの命を狙っていた伯父は拘束され、今は牢獄の中だという。息子であるイラーリオを失い、悲しみの中で暮らしているようだ。

イラーリオが死んだと告げられて初めて、自分がしようとしていた罪の大きさを知ったという。

今後は贖罪（しょくざい）の日々を送ることとなるだろう。

夫を亡くしたモンテッキ夫人は深く落ち込んでいると思いきや――女主人としてテキパキと働いているようだ。

長年、モンテッキ公爵の妻として控えめでいるよう努めていたらしく、その反動かこれまで以上に活き活きとしているように見えた。

私とバルトロマイの結婚もあっさり認められ、どんどん話が進んでいる。

今は張り切って、私の婚礼衣装を選んでくれる。驚いたことに、私の母と意気投合し、仲良くなっているのだ。

ふたりは明るい表情で、「早く喪が明けないかしら～」などと話していた。

バルトロマイからは「母上が張り切っていてすまない」と謝罪されたが、私にとっては嬉しい悲鳴である。

家族から祝福されることがどれだけ幸せで嬉しいことなのか、日々、感謝しているところだった。

――と、このように、どうにもならないと思っていた長年の問題は、あっさり解決してしまったのだ。

一年半後――ようやく喪が明け、結婚式を執り行うこととなった。

朝から緊張していたものの、それ以上に私の母とモンテッキ夫人の表情が強ばっていた。

なんでもちゃんと皆に楽しんでもらえるか、不安になってきたらしい。

けれどふたりは、これまで時間をかけて、ドレスを選んだり、招待状を作ったり、披露宴の食事を考えたりと尽くしてくれた。

きっと参加者達も満足し、楽しんでくれるだろう。

婚礼衣装は今日のために準備した、精緻なレースが美しい特注品であった。

襟や袖には、母とモンテッキ夫人と一緒に刺繍したホワイトスターの花がちりばめられている。

ホワイトスターの花言葉は、〝幸福な愛〟。今日という日にふさわしい花だろう。

母とモンテッキ夫人は涙を流しながら、私の婚礼衣装をきれいだ、と褒めてくれた。

前世では味わえなかった温かな感情がこみ上げ、胸がいっぱいになった。

バルトロマイは婚礼衣装をまとった私を見るなり、瞬きもせずに硬直していた。

何も言わないので、我慢できずに質問してしまう。

「あの、バルトロマイ様、いかがでしょうか？」

「とてもきれいだ。本当にこの世に存在しているのか、わからないくらいに」

その場で立ち尽くすバルトロマイのもとへ駆け寄り、思いっきり抱きつく。

「わたくしは、実在しております。幻ではありません」

「ああ、そうだな」

バルトロマイも抱き返してくれたが、そっと包み込むような優しい抱擁だった。

「いつもみたいに、ぎゅっとしてもよろしいのに」

「いや、砂糖細工のように繊細で、壊れてしまいそうで怖いから」

「わたくしは屈強な砂糖細工ですので、平気でしてよ」

そんな言葉を聞いたバルトロマイは、珍しく噴き出して笑う。

思いのほか、無邪気でかわいい笑みだったので、彼をぎゅっと抱きしめてしまった。

とうとう式が始まる。

バルトロマイと腕を組み、礼拝堂にある赤絨毯を歩いて祭壇前へと向かう。

太陽の光を浴びたステンドグラスがキラキラ輝き、夢のような光景が目の前に広がっていた。

途中、両脇の参列者に交じって魔王サタンが並んでいるのが目に留まり、我が目を疑ってしまった。バルトロマイも発見したようで、呆れた表情を浮かべている。

周囲にいる人達からしたら、遠くの街へ転勤となったフェニーチェ修道院の元院長が駆けつけてきてくれたのだな、としか思っていないだろう。

悪魔の王が人間の結婚式に参加するなんて、前代未聞に違いない。

彼についいては、見なかったことにする。

父は私を見ながら、大号泣していた。娘は何人送り出しても悲しいらしい。

モンテッキ夫人は優しい眼差しで、私達を見送ってくれる。
本当に温かい結婚式だ、と改めて思ってしまった。
祭壇の前に立ち、神父の問いかけを聞きながら頷いていく。
バルトロマイと目が合うと、微笑みが零れてしまった。
心の中がじんわりと満たされていく。
これ以上、幸せな日は訪れるのか、と思うくらいだ。
今日、私達は夫婦になる。
前世では叶えられなかった永遠の愛を誓った。
そして、人生という名の物語は、めでたしめでたしで幕を閉じたのだった。

番外編　バルトロマイの悪夢

念願叶って夫と結婚した私は、それはそれはもう、幸せな毎日を送っている。

夫もそうだと思っていたのに、なぜか彼は日に日にやつれていった。

何かあったのか、と聞いても、なんでもないと言うばかり。

このままではいけない。そう思った私は、夫を問い詰める。

「バルトロマイ様、今日こそ、何があったのか話していただきますわ！」

「なんでもない、と言っていただろうが」

目の下にくっきりと隈を浮かべながら、夫は何回聞いたかもわからない言葉を返してきた。

「仮に何も起こっていないとしても、寝不足であることは否定できないでしょう？」

「それは、まあ、そうだな」

寝不足だけでも認めた！

今度は、そうなってしまった理由について聞かなければならない。

「バルトロマイ様、いったい何がありましたの？　悩みがあるから、夜、眠れませんのよね？」

「それは――」

夫の目がわかりやすいほどに泳ぐ。何かありました、と言っているようなものだろう。

これまで私の追及を躱してきたときとまったく同じで、目を合わせようとしない。

今日も、適当にはぐらかすつもりなのはわかっていた。

「バルトロマイ様」

「なんだ？」

「もしも打ち明けていただけないのならば、わたくしはここを出てゆきます」

「な、なんだと!?」

最後の手段にと取っておいた技をここで出す。

すると、夫はわかりやすいくらいに動揺し、困った表情を見せていた。

「いかがなさいますか？」

夫は答える前に、私の手をぎゅっと握る。さらに、迷子になった子どものような表情で私をじっと見つめてきた。

「……このような話を、ジルの耳に入れたくなかったのだが……。正直、聞いていて、気持ちのいい話ではない」

「それでも、バルトロマイ様を苦しめているものならば、わたくしにもお聞かせください」

夫は眉間に皺を寄せ、苦しげな表情を浮かべる。

いったいどこの誰が、夫にこのような顔をさせているのか。絶対に許せないと思った。

「バルトロマイ様、わたくし達、結婚式の日に神父様の前で誓ったでしょう？」

――病めるときも、健やかなるときも、悲しみのときも、喜びのときも、貧しいときも、富めるときも、これを愛し、敬い、これらを助け、すべてを分かち合うことを誓いますか？

「どんなささいなことでも、ひとりで抱え込まずに、わたくしに教えてくださいませ」

一緒に悩んだら、苦しみも半減されるだろう。

「ジル、ありがとう……」

夫は震える声で感謝の言葉を口にし、私を優しく抱きしめたのだった。

その後、落ち着きを取り戻した夫は、寝不足だった理由について教えてくれた。

「このところ、毎晩のように悪夢をみていた。何度も目を覚まして、眠ろうと努めるも、なかなか眠れず……」

「まあ！」

一緒に眠っていたのに、私は朝までぐっすり熟睡していたので、まったく気付いていなかった。

「ここ数日、睡眠時間が短くなっていたようで、ジルに心配をかけてしまった」

「そうだったのですね……」

いったいどんな悪夢だったのか。夫は遠い目をしながら打ち明けてくれた。

「夢の中に現れた何かが、必死な様子で訴えるのだ。〝妻の、下着姿の絵画を描くように〟と」

「そ、それって……」

「角を生やした、黒い馬の姿をしていた。たしか、ジルと契約していた悪魔で――」

「ルッスーリアで間違いありませんわ！」

なんていうことだろうか。ルッスーリアが夫の夢に現れて、私の下着姿を描くように訴えるなんて。最低最悪としか言いようがない。

「ジルにそのようなことを言えるわけもなく、数日の間、聞かれても答えられなかった」

「バルトロマイ様、申し訳ありませんでした」

「いや、ジルは悪くない」

「しかしながら、バルトロマイ様を苦しめていたのは、かつてわたくしと契約関係にあった悪魔でしたので」

なんでも夫はありとあらゆる悪魔祓いの方法を試したようだが、今日まで効果はまるっきりなかったらしい。

「お手上げ状態で、もう、どうすれば悪夢をみなくなるのか、と悩んでいた」

「バルトロマイ様、解決方法がひとつだけありますわ」

「なんだ?」

それは、夫が私の下着姿の絵画を描くことである。そう訴えたのだが、夫は表情を一変させた。

「ばかな！　どうしてあの悪魔の要求に応えなければならない⁉」

「わたくしもそう思います。けれどもあの悪魔だけは厄介で、正攻法でやっつけられるような相手ではありません」

ただし、そのまま描くわけではない。

「もしも要望に応じたら、調子に乗って次も、とバルトロマイ様に悪夢をみせるでしょう」

「では、どうすればいい?」

「絵の具を聖水で溶いて、描いてみるのはいかがでしょう?」

悪魔が嫌う聖水を使えば、ルッスーリアをこらしめることができるだろう。

「なるほど。いいかもしれない」

「では、バルトロマイ様、わたくしの下着姿の絵画を描いてくださいませ」

「いいのか?」

「はい!」

「ならばジル、下着姿になってくれ」

「はい?」

「前にも言っただろうが。私は実物を見ないと描けない、と」

そうだった。彼は想像で絵が描けるタイプではなかったのだ。

「こうなるから、私はジルに言いたくなかったのだが」

「え、ええ……その、申し訳ありません」

下着姿を見せるなんて、たとえすべてを見せている夫であっても恥ずかしい。

けれどもこれ以上、彼に悪夢をみせるわけにはいかない。

それに、やると言ったからには、責任を持って果たさないといけないだろう。

「わ、わかりました。バルトロマイ様、わたくし、モデルになりますので、なるべく早く描いてくださいませ」

「約束しよう」

そんなわけで、多大なる恥と引き換えに、夫に私の下着姿の絵画を描いてもらう。

夜、服を脱ぐときは暗闇の中なので、なんとか耐えられた。

けれども今は、明るい時間である。そんな時間帯に下着姿になるなんて、恥ずかしいにもほどがある。

下着の上に着たガウンを脱ぐのに、しばらくかかってしまったくらいである。

夫が私を心配するあまり、自分も下着姿になろうか、とか言い出したので、なんとか脱ぐことができた。

寝台の上に腰を下ろし、足を伸ばした体勢でいるよう指示を受ける。

「はあ……なんてはしたない姿なのでしょう」

「ジル、とてもきれいだ」

夫は茶化す様子などいっさいなく、真剣な眼差しで褒めてくれた。

悪い気はしないものの、恥ずかしいものは恥ずかしい。

「この絵を完成させるのが惜しいくらいだ」

「お願いですので、一刻も早く仕上げてくださいませ」

「努力する」

夫はこれまで見せたことがないくらいの集中力を発揮し、半日で絵画を仕上げてくれた。

その日の晩――寝室に絵画を置き、夫と私は腕組みをしてルッスーリアを待つ。

すると、一時間もしないうちに、黒い靄が現れた。

夫と目を合わせ、頷く。

靄はだんだんと黒馬の形となった。間違いなく、ルッスーリアだろう。

『こ、これは、すすすすす、すばらしい!!　夢にみた、聖女の下着姿ではないか――ぎゃあああああ!!』

ルッスーリアは断末魔の叫びをあげる。

『ななな、なんだ、これは!?　目が、目が焼けるように熱い!!　ああああああ、血の涙が、滝のように流れて――ぎゃああああ!!』

聖水の効果が発揮され、明らかにルッスーリアは苦しんでいた。

『しかしながら、下着姿は、すすすすす、すばらしい!!　血で視界がぼやけているけれど、尊いような、気が、するぞおおお……目から血を噴き出す価値はあるううう!!』

いったい何を言っているのか。欠片も理解できない。

『ふ、ふはははは！　こ、この絵画は、お、俺を滅ぼそうとし、している！　しかしながら、下着を見て死ねるのならば、本望――！』

ルッスーリアは恍惚（こうこつ）とした言葉を最後に、消えていなくなった。

「ジル、あの悪魔は死んだのか？」

「さあ、どうでしょう？　あれくらいで死ぬような低位の悪魔ではないと思うのですが」

ひとまず、しばらくは夫の夢に出てこられないだろう。

一件落着であった。

「それにしても、酷い目に遭いましたね」

「ああ……」

「早くおっしゃってくれたらよかったのに。悪夢をみていたなんて知らずに、わたくしだけのうのうと眠っておりました」

「いや、ジルの寝顔を眺めるのは幸せなひとときだったから、熟睡してくれていたほうが助かる」

「あの、助かるとは？」

「い、いや、ジルの寝顔を見ていたら、気付いたら朝になっていた日もあって」

「つまり、寝不足は悪夢だけが原因ではなかった、ということですか？」

夫は明後日（あさって）の方向を見上げ、私の質問は無視する。

そんな夫を、私は叱りつけた。

「ばかなことをしていないで、夜はきちんと眠ってくださいませ！」

その言葉に、夫は素直に「はい」と言葉を返したのだった。

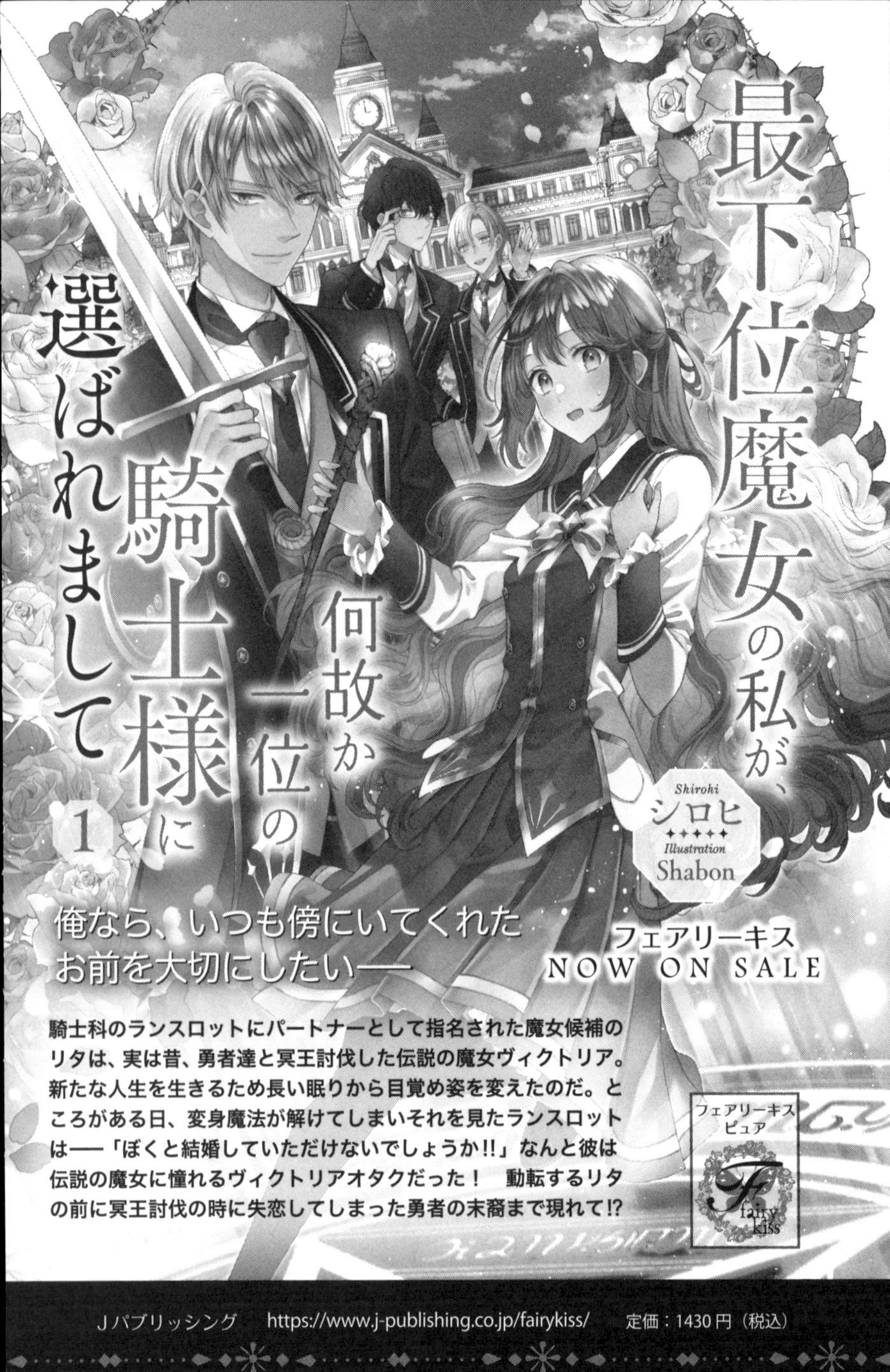

最下位魔女の私が、何故か一位の騎士様に選ばれまして 1

Shirohi
シロヒ
Illustration
Shabon

俺なら、いつも傍にいてくれた
お前を大切にしたい――

フェアリーキス
NOW ON SALE

騎士科のランスロットにパートナーとして指名された魔女候補のリタは、実は昔、勇者達と冥王討伐した伝説の魔女ヴィクトリア。新たな人生を生きるため長い眠りから目覚め姿を変えたのだ。ところがある日、変身魔法が解けてしまいそれを見たランスロットは――「ぼくと結婚していただけないでしょうか!!」なんと彼は伝説の魔女に憧れるヴィクトリアオタクだった！　動転するリタの前に冥王討伐の時に失恋してしまった勇者の末裔まで現れて!?

フェアリーキス
ピュア

Jパブリッシング　https://www.j-publishing.co.jp/fairykiss/　定価：1430円（税込）

偽聖女の取り巻きでしたが
不本意にも
聖女代理やらされています
江本マシメサ
Mashimesa Emoto
Illustration 漣ミサ
聖女代理になったら
怪しい黒騎士がついてきて離れません！
フェアリーキス
NOW ON SALE
国を荒廃させた偽聖女の取り巻きだったイルゼは、現在修道女として清く正しい奉仕の日々。そんな彼女がうっかり聖鳥を手懐けたことで「聖女代理」に任命されてしまった。どうも聖鳥の力で国が立て直せるらしく、その救済の旅に出る羽目に――それも全身板金鎧の怪しい黒騎士リアンとともに。嫌々ながらも各地を飛び回るものの、無口ながらも懸命に支えようとするリアンの気遣いに、イルゼのひねくれた心も次第に解きほぐされていき――？
フェアリーキス ピュア
F fairy kiss
Jパブリッシング　https://www.j-publishing.co.jp/fairykiss/　定価：1320円（税込）

王太子妃から侍女に
格下げされそうなので、
ヤンデレ王子を連れて
自立しようと思います
outaishihi kara jijyo ni
kakusage saresounanode
yandereouji wo tsurete
jiritsusiyouto omoimasu
Mashimesa Emoto
江本マシメサ
Illustration 南々瀬なつ
婚約破棄後は
ヤンデレ王子とスローライフ!?
フェアリーキス
NOW
ON
SALE
異世界の聖女に心奪われた王太子により婚約破棄を突きつけられ、聖女の侍女になるよう申し渡された公爵令嬢レオノーレ。打ちのめされる彼女に王太子の弟ディートハルトが優しく囁く。「ねえ……王太子、殺す？」「あなた何を言っていますの？」彼女を熱愛するあまりヤバい計画を練る幼馴染を宥め、今後は共に王家を捨て田舎暮らししようと農業や新規事業に奮闘するのだけど、その一方で彼が見せる大人の男としての顔に胸が騒ぎ始め――
フェアリーキス
ピュア
fairy kiss

バッドエンド回避のため、愛する前世の夫から逃げ回っています

著者　江本マシメサ

2024年2月5日　初版発行

発行人　藤居幸嗣

発行所　株式会社Ｊパブリッシング
〒102-0073　東京都千代田区九段北3-2-5 5F
TEL 03-3288-7907　FAX03-3288-7880

製版所　株式会社サンシン企画

印刷所　中央精版印刷株式会社

ISBN：978-4-86669-640-9
Printed in JAPAN